大展好書 好書大展

社會人智囊
26

男女幽默趣典

劉華亭編著

大展出版社有限公司

目錄

第五章 工作娛樂

第六章 家庭趣談

第七章　成功的秘訣

第八章　金錢的趣談

序章
肉體的妙語

今日訓

人們最感興趣的題材就是「人」！其中，最容易引起注目的部位就是「肉體」。

凡是男人，無不喜歡女性柔軟的肉體。同樣地，凡是女人，皆會爲男人強壯的肉體所吸引。因爲肉體可以美化生命，擁有健康的身體時，生命才會產生意義。

以下我們將論及一些有關「肉體的妙語」。如果你在交際的場合，經常談一些有關內臟甚至癌症等疾病，將會破壞情調，缺乏浪漫的氣息。以下這些高級的幽默題材將能增加你的現實生活樂趣。

●頸部

■古羅馬時代以頸部的粗細來判斷某位女性是否仍爲處女。如果對方頸部粗大，則表示她已經有過性經驗。

東方人也一致認爲婚後的女性，脖子有變粗的現象，甚至變形。其中，在「女人的一生」一書中，甚至誇大其詞地說明，行房後的次日淸晨，卽可感覺到這種差異。

其實，由醫學上的觀點來看，婚後一、兩個月內仍然不會產生變化。但第三個月後，或許因性腺的分泌變化而使甲狀腺激能亢進，進而產生脖子變粗的現象。

■男性的頸部，亦爲性感地帶，當女性吻著男性的頸部時，男性時常會因激烈而發出滿足的「呻吟」。

●膝蓋

■男性若能以自己喜愛的女性的玉腿爲枕，就會感到幸福。因爲這表示彼此的關係親密或從今以後已不再是「外人」了。

■行房前若輕輕撫摸膝蓋，將可刺激性感。甚至於將重力壓在上面的時候，女性會因而興奮。

■當你輕輕地愛撫對方的膝蓋時，若她並無特別的感覺，則表示她患了冷感症，因爲此處乃是全身的敏感帶。

■有些在外面風流的男性，做愛前會先將座墊放置於膝蓋上，以免過度激烈產生擦傷的情形，或返家後，被太太發現自己在外面所做的「妙事」。

●眼　睛

■艾里斯（英國性慾心理學家）曾經說過，性的刺激反應最先影響眼睛。當一個人心中產生性慾時，眼睛會溼潤而且產生光澤。但如果慾望過强，而且無法得到滿足時，瞳孔將會擴散，甚至把太陽光看成黃色。

■從面相學的觀點來看，眼睛細小而且含笑的女性，必定具有柔軟的感觸體，性生活也將十分圓滿。

至於上眼瞼肉質較厚，稍呈吊眼的女人亦具有肉體美，身上散發著女性魅力，保守派的人稱之為「妖婦」。此外，一般人皆認為眼睛大者，比較美麗，但其興奮得快也易疲倦；而眼睛細小的女性恰好相反，因為其興奮期比較緩慢，但具有持續性。這兩種女性各具優點，你可以按照你的性能力選擇。

■「周圍長著毛，裡面呈紅色而且有些溼潤！」這是個逗趣的謎語，乍看之下，大多數的人會以為謎底是女性的陰部，其實正確答案為「眼睛」。

●嘴唇

■最迷人的唇部厚度為：上唇5～8㎜，下唇10～13㎜。換句話說，上、下唇的比率為1比2。若與臉的寬度比較時，當臉的寬度為10，嘴唇最好為3或3.4，如果比率為4，就稍嫌大些。

■據說，不喜歡塗抹口紅的女性，是因內生殖器官及卵巢的分泌異常。不論這個傳說是否正確，塗抹口紅的確可以使女性顯得更美。

■有些女性於接吻前，會要求男友稍候，待她擦掉口紅再進行接吻。這種舉動往往會破壞原有的浪漫氣氛，相信聰明的女性一定會等結束後，再為他擦掉吧！

■男性嘴唇上有黑痣，表示生殖器上亦有顆黑痣。從面相學的觀點來看，表示終生不愁食，生性也比較風流。

我的唇角也有一顆黑痣，且一向被認爲「風流成性」，因而佔了便宜時，對方也不會見怪，皆因這種想法所導致的。

■一般來說，嘴唇溼潤時比乾燥時具魅力。關於這一點，所有的模特兒都知道，因此在照相前一刹那，都利用舔唇的動作使它呈現溼潤感。

●眉

■古時候的女人結婚後，必須剃除眉毛、染黑牙齒、將頭髮梳成髮髻。因此，結婚與否，很容易辨認，可以防止不軌的行爲。也有些人結婚時並沒有剃除，待懷孕卽將臨盆時才將眉毛剃除。

後來，在一八〇四～一八一七年間，許多妓女流行剃除眉毛、染黑牙齒，造成一股「歪風」。或許她們希望能藉此掩飾自己的職業，

讓別人覺得她們也是「良家婦女」。

女字旁加上眉就是「媚」，當女人結婚後，去「眉」留「女」，表示她已是個有夫之婦。可見眉對女性的重要性。

▨艾里斯曾經說過，眉毛濃者，陰毛亦多！不過，事實上仍有例外，未成定論。

▨與人談話時，眉毛經常上下幌動者，有二度梅的可能性。相反地，經常眉頭緊皺，悶悶不樂者，運勢不展，身體也比較虛弱，無法滿足性生活。男性的眉毛若下垂，縱使再體貼，也不易打動對方的情意，而且容易產生糾紛。但如果女性眉毛下垂，則表示婚前環境不佳，婚後亦有二度梅的可能，這些情形都記載於易學上。

▨女性月經來潮時，眉毛周圍的細毛會呈豎立狀。

●肚臍

▨肚臍的位置按膚色來分以歐美西方人最高，其次東方人，黑人最低。

●手

▨手分爲上臂及下臂。一般手呈流線型的妓女，較懂得如何接客，大概因爲個性大膽又任性而造成難以抗拒的魅力吧！這類女性具有良好的技巧，「手腕」相當高。

■有些女性手臂的周圍爲身高的五分之一，卽三十公分以上，其個性比較開朗，但生性奢侈、缺乏氣質，不是理想的結婚對象。但全身却充滿野性味，一般的妓女大都屬於此類。

■手臂肌肉結實的女性，可以適應任何堅苦的生活，頗具耐性，而且不拘小節，屬於粗線條型，此類女性或許不易滿足男人的性生活，但因不善於交際，較無越軌之心，是理想的終生伴侶。

■胸罩的法語爲 Brassiere ，而 Bra 原爲手臂之意，如果將 Brassiere 直譯則爲「臂長」。法國人採用間接法，使用比較接近的部位來命名，十分特殊、有趣。

●肝臟

■女性的肝臟功能比男性强，所以當女性賀爾蒙增加時，會形成膽汁而排出；減少時，亦可吸收膽汁而成女性賀爾蒙。換句話說，肝臟是調整女性賀爾蒙的器官。肝臟功能較佳的女性，膚色光滑，可以常保年輕。

■女性很少產生性飢渴的現象，理由之一在於肝臟可以調整女性賀爾蒙。

■在阿拉伯、波斯、歐洲等國家的古典文學中，認爲肝臟是情感的來源。例如：「一千零一夜中」曾記載著：「肝臟代表我的心」。古希臘詩人西歐克里斯也曾經在他的田園詩中提出相同的看法。

「愛總讓人們的肝臟痛苦。愛啊！請別傷害我的肝及心吧！」

●腰　部

▨視當時接觸的情形而定，大致可分為大腰、小腰、高腰、轉腰等。無論男女動作過於激烈，皆容易扭傷腰部，但是如果能做到以上的地步，將會十分美妙。

腳踏車可以加强腰部的運動，也可以藉機呼吸新鮮的空氣。也許正因為這種作用，歐美時常可以看到臨時擱放在路旁的腳踏車及正在草叢裡親密的男女。

▨西方人大都喜歡豐滿的腰部，這種情形可以在雕刻或繪畫中發現，但東方人則比較喜歡柳腰。所謂柳腰並非指細而柔弱者，而是能在纖細中表現出彈性及魅力者。

■由於文明及生活水準提高，東方女性的腰圍逐漸與西方人看齊。一般而言，腰部至臀部的脂肪層大約爲4公分至10公分。有很多女性婚前柳腰纖細，婚後卻變成水桶腰，這與體質有關，因此，你選擇對象，可以先看看她的母親，因爲那將是她日後的模型。

●脚

■閩南語中，常以「洗脚不幹了」來表示一個人將重新開始另一種生活。例如：妓女賣身契期滿時，通常會到「洗脚井」洗脚，表示從此以後，她可以過自由的日子了。

●唾液

■所謂的「塗唾液」即指行房前將唾液塗抹於性器上的意思。初次行房時，多半由男性塗抹，此後，大都塗抹於女性的性器上。但一般而言，每次行房前，必須先這麼做才願意行房的女性，多半患有「冷感症」。

■有些男性看了色情書刊、影片時，會感覺到口乾舌燥，也是與唾液的分泌情形有關。

●鬍子

■有些人常會打趣地將女性的陰毛比喻成她的「鬍子」。

以前的妓女經常整理她們的「鬍子」，目的在於清潔與防止受傷，和男性整理鬍子的目的則不大相同。

■有些女性觸及男性的鬍子時，會產生微妙的感覺，曾有一位有名的女性歌手，更要求她的對象必須蓄留鬍子。

●乳 房

■大致可分爲六種類型：

①吊鐘型——這類女性性慾强烈，如果曾經有過性經驗，只要愛撫她的乳房，就可以令她產生性慾。

②大碗型——用手壓住它時，顯得十分豐滿，表示往後必定多產。

③金字塔型——這類女性嫉妒心及虛榮心强烈，性慾比前者大碗型强烈，而

且喜歡採「速戰速決」的方式。

④小碗型——這類女性比較重視氣氛，喜歡接受愛撫。

⑤下垂型——這類女性感覺比較遲鈍，性方面毫無彈性，因此與此類女性進行性生活時，亦無樂趣可言。

⑥盤型——這類女性比較神經質，喜歡吃醋，生理狀況不佳，性生活也多半不順利。

以上所說的是以東方女性爲標準，西方人就稍有不同了。例如：影星賀斯汀的乳房下垂長度，可以倒放於肩上，至於此類女性性生活情況如何，就不得而知了。

■「乳墊」代表同性戀的象徵，在某位女性作家的短歌集中曾經記載。「每次想起她時，總期望立卽將她拉到身邊，肌膚相親，乳房相接。」

■乳房左右大小不一的女性，表示已有男友。如果右邊較大者，通常慣用右手，左邊較大者，慣用左手。

■從中世紀到文藝復興時代，歐洲流行低胸晚禮服，使男性有機大飽眼福。

乳房有一條催情神經直至陰部。因此達文西在「克英施圖」中明顯地勾勒出那條由乳頭到陰部的神經。

■法王路易十五世派拉斐爾爲他挑選未來的皇后，拉斐爾回到宮廷後，嘮嘮叨叨地報告美女的長相、身材……等，路易十五世未等其報告完畢，就不耐煩地說：「選擇女人只要看她的胸部就可以了！」

■亞馬遜的女人最勇敢，她們爲了射箭，切除右乳，不知一向認爲「胸部代表女人」的沙林將作何感想。

●臀部

■阿拉伯人認爲臀部微蹺的女人最美，因而畫美人圖時，時常誇張地畫出高高蹺著的臀部。

■索馬利亞地區富有的青年選擇太太時，通常把應選的女孩並排成一列，從側面看，臀部最突出者入選。因爲這類女性行房時比較方便，而且生產時安全性高。

■視行房的情形而定，如果男性尙不能滿足時，這類型的女性可以利用臀部做最後一次努力，一定可以得到圓滿的結果。

■以往，總是認爲夫妻睡覺時，如果女性將臀部朝著男方，則表示她對他不再懷有好感。但目前的情況已不相同，有很多女性隨時會在夜裡轉身投入男方的懷抱裡。

「初眠時——側面，午夜時——正面，淸晨時——從後面射進月光。」

這是一首俗謠，是這種情形的最好寫照。

●鼻子

▨鼻子象徵「男性」，鼻子大者，性器亦大，但這又是傳聞，並無事實根據，這點我們可以從以下的笑話中得知。

有一位性慾強烈的寡婦，看到一位大鼻子的旅客前來投宿時，興奮地答應了，認爲當夜必可滿足。沒想到，事實卻與想像中的相反。第二天清晨，旅客即將離去前，寡婦生氣地捏著他的鼻子說：「你這個沒用的東西！」

▨當有人捏你的鼻子時，並不一定表示她對你厭惡，有時候情形恰好相反。例如：有些妓女大都以捏對方的鼻子，引起對方的興奮感，希望對方繼續留住。

▨此外，有一些與鼻子相關的雙關語。例如：「鼻息」表示行房時，女方發出的嬌呼聲。「伸直鼻子」意指男性爲女性的色香所迷。「鼻頭冒火」則表示男性精力旺盛。

●腹部

▨年輕女性的腹部都光澤美麗，但懷孕生產後，腹部就會產生皺紋了。這條皺紋永遠留存稱爲「生產線」，可以判定對方是否仍爲處女。

■有一個中國的笑話「腹繪」，描述一位即將遠行的丈夫，惟恐妻子紅杏出牆，就在她的腹部畫了釣魚圖。經過一段時間返家後，發現釣魚的人位置換了，就開始責罵她的太太，可是她的太太卻理直氣壯地回答說：「這岸釣不到魚，我當然必須到對岸釣囉！」

■演戲中常有一句術語「床頭戲」！這是女性利用她的腹部陷害男性的方法。

■「踢腹」表示精力旺盛的男性，性慾過度激烈，不懂得憐香惜玉。不過這種情形僅發生於和歡場中的女人做愛時，因爲，他們不可能如此對待自己的妻子。

●毛　髮

■美國人一向認爲金髮的女人比較喜歡行房，黑髮女人比較保守些，紅髮女人則情緒不安，容易表現如魔女般的個性。所以曾有一部電影叫做「金髮女郎的魅力」。

■以前專侍在公共澡堂爲客人洗髮的女郎，也必須幫客人洗其它部位，和現在的土耳其浴相同。

●胸　部

■以往東方人不喜歡胸部、臀部都突出的女性，但現在觀念已經有所變更，認爲將這類女性抱在懷裡時，可以直接觸及她的胸部，感覺十分美妙。

■一般稱說話毫無保留的人是「袒開心胸」，如果女性眞能「袒開」心胸的話，男性不就大飽眼福了嗎？

●耳朵

■耳朵和嘴唇都屬敏感帶。如果男性能躺在自己喜歡的女性的玉腿上，讓她爲你清耳垢的話，將會是人間一大樂事。

■耳朵也是女性的敏感帶，當你輕輕咬住它或舔它時，女性會有激烈的反應，因而可以藉此得知對方對你的感情。你可以故意與你喜歡的女性說悄悄話，接近她的耳朵，把你的喘氣聲傳入她的耳內，如果對方只說：「哦！好癢！」則表示她對你沒有感情。但如果她以舒坦的神色聽著你的悄悄話時，則表示她對你有所好感。

▨耳朵的形狀與女性陰部形狀相同，耳角與對耳角所構成的曲線卽陰部斷面圖。但並非耳大者，陰部就大。

▨當心中湧現性慾時，眼睛會溼潤，耳垂也會呈紅色色澤。而且耳垂厚而大者爲吉相，日後必可大富大貴。以面相學的觀點來看，耳朵小的女性，守不住秘密，可能連晚上行房的事都會訴知他人。

●手指

▨當你故意用手指搔癢對方的手心時，如果對方只說：「討厭！」則表示她對你無意。但如果她默默地接受，甚至反癢你的手心時，表示她的心意與你共通，只須約定時間，卽可完成你的心願。

▨歐洲人喜歡製作一種『將大拇指揷入食指、中指形狀的金屬類』。此暗示爲女性的陰部。有些人將它帶在身上作爲護身符。有些先生則要求太太隨身攜帶此物，可早日生子。

▨有一種紙形人偶，可以將手指放入，如同玩布袋戲般，然而，這個動作另有含意，表示對女性的愛撫。

有些人曾做進一步的解釋——紙人偶袋口的拇指象徵醫生，袋內的食指、中指代表父親與兒子，由袋口挿入「食指」，產生「中指」，不難猜想而知「袋口」代表什麼了！

換句話說，此動作代表男、女之間的性行爲。

●腎臟

▨腎臟被認爲是性慾的中心，如果腎水乾燥而呈虛脫狀時，稱爲腎虧。一般人皆稱腎水及腎精爲精水——愛的精液。

腎虧之初，性慾通常仍舊旺盛，所以去世時，性器會呈挺直狀，直至埋葬後，才會恢復原形。有些男性爲傳遞子孫，耗盡精力，而產生如外國影片「女王蜂」的悲劇。

第一章 人生的趣事

今日訓

「甜蜜的謊言是說服女性最好的武器！」

女性的心裡十分奇妙，當你對她說眞心話時，她反而不相信，寧願相信一些美麗的謊言。例如：

「我每個月收入兩萬元。不過，我們結婚後，我一定會戒煙、戒酒，絕對不會讓妳跟著我吃苦，希望妳能答應我！」當你這麼告訴她時，成效不如——

「我的父親是位董事長，他之所以只給我兩萬元的月薪，是惟恐引起其它同事的不滿。反正，我絕不會讓妳跟著我吃苦，這家公司早晚將是我的！」

初見面時的話題

另外，與人首次見面時，最自然的話題莫過於「天氣」與「性愛」！例如：

「今天天氣很好！」

「今天很涼快！」

「今年的梅雨季長得令人討厭！」

「今年的冬天特別長！」等等有關天氣的話題。但如果你希望能儘快地與對方產生進一步的關係，這些話題就於事無補了。最好能以幽默的口吻開黃腔。不過！若初次見面，就以此為問候語，或許你的人品會受到懷疑，因此，在此之前，最好先以學問方面的話題作為導引，再慢慢進入情況，就能得到對方的好感而增進彼此的感情。

讓「笑」充滿你的人生

金玉良言對我們的一生有莫大的幫助，但有些人無法接受別人以嚴厲的口吻指導他這些指標，如果能以比較幽默的方式來闡明，效果益彰。以下擧例說明：

「每位買者都具有一雙銳利的眼睛，但有些性急的男人選擇妻子時，卻尙未打開包裝就原封不動地帶回家了。」

「娶回不懂女人『技巧』的妻子時，是男人一生的不幸！」

問：「爲何不在婚前，先試試你的太太呢？」

答：「我想試，可是怕有孩子………」

問：「你眞是太謹愼了！」

「我很後悔當初爲何不先打開包裝紙！」

「錢爲身外物，我希望自己能時常爲人所需要……所以你……」——有些妓女會如此言不由衷地說著。

「我瘋狂地愛著你………」——有些妓女會以這些甜蜜的謊言來哄騙她的嫖客。

「男、女結婚前，先讓新娘戴上戒指，結婚後，則在男人鼻上穿條繩子。」

問：「新娘手上通常戴著鑲寶石的戒指，新郎爲何不戴呢？」

答：「這樣『晚上』才不會因動作激烈而受傷啊！」

「戀愛最大的幸福是能緊握著女朋友的手！」史丹達曾經說過。

「昨天我終於握住她的手了——那溫柔、白細的小手啊………!……。」
「我曾經有過彼此緊握雙手的經驗，不過，最好早些鬆手!」
「爲什麼?」
「因爲再不放手，她就會伸手握其它部位……。」
「哦!」
「這樣身體會受不了的!」
「女人比男人更富『物質性』。」——托爾斯泰的名言。
男:「雖然目前世風日下，但我仍然願意在婚前保持柏拉圖式的愛情。」
女:「你說得雖然沒錯，但婚姻生活應該是精神與肉體的結合。」
男:「我知道。」
女:「我已經充分了解你的精神層面，但對於你的肉體層面卻仍一無所知。」
男:「這……妳……」
女:「我希望進一步了解包裝內的物品!」

●笑

▨「笑」字偶而也會被應用於性愛方面，例如「賣笑女郎」或一些有關性方面的刊物。古時候，有些家庭將之視爲陪嫁用品，告訴新娘，性行爲並非野蠻或如同動物般的行爲。

▨「笑」的方式有很多種，如奉承的笑、假笑、冷笑、泣笑等。如果笑聲爲「哈！哈！哈」，則表示此人胸懷坦蕩，但若是「嘻！嘻！嘻」時，大都不懷善意。

▨「淫笑」表示行爲放蕩的人，有些妓女使用此法勾引客人，誘惑嫖客。

●分　離

▨以前的男、女暗地做愛後，爲了保證彼此不會變心，就交換彼此的內衣，甚至換穿對方的內褲回家。現在這種情形仍然保留，如果彼此願意繼續交往，就妥爲保管，如果彼此無續交往，就必須把對方的內衣退還。

如果男性到女性家進行性行爲時，必須在次日清晨盡速離去，萬一恰好被人發現私情時，將是一大恥辱。

▨妓女十分重視嫖客離去前的態度，因爲這將決定他下一次是否仍會找她。

●窺　視

▨喜歡窺視裸體的女性是男人的共通性，因而所有到海水浴場的男性都會藉機窺視女性浴場。

▨在國外的公共浴場內。男女浴場分開，但中間留著一個小洞，為了避免男性偷窺，通常會請一位管理員站崗，但很多男性與管理員打上交道或買通，以便讓他們藉著這個小洞大飽眼福。

▨有些妓女時常免費地與强行拉來的客人進行性行為，不知情的男子以為天降豔福。其實，在他們做愛的隔壁房間，有一個洞口，供許多好奇的觀衆欣賞，而這位妓女所賺的就是這筆可觀的觀賞費。因此，當你遇到這種情形，而且女方動作誇張大膽，也不願意熄燈時，就必須小心了，以免吃虧上當，當了傻瓜，還以為撿了便宜。

▨適度的窺視心理是正常的，但如果過度則容易形成變態的現象。例如：曾經有一位寡婦，要求一位青年與她的女兒進行性行為，而她在窗口窺視，藉以滿足自我。

▨在西歐一些古畫上，也曾經描繪一位正在窺視別人性行為的少女，可見這種心理男、女皆有。

▨西元十四世紀時，英國有位伯爵，不斷地加重人民的賦稅，使得民生疾苦。伯爵夫人生性善良，為人民要求減輕稅額。不料，伯爵卻說：「如果妳敢裸體騎馬繞城一周，我就答應妳的請求。」伯爵夫人果眞付諸於行。百姓為了感念夫人的恩澤，都緊閉門窗，不敢瀆視夫人玉體。惟有一名鞋匠，年輕氣盛，心中好奇，從窗口窺視，結果眼睛從此失明。

■現實生活中，也有以「窺視」爲題材者，如「後窗口」。

●溼潤

■「溼潤」在有經驗者眼裡具有相當濃的色情味，因爲在男女的性行爲中，必須溼潤才能順利地進行。

●哭泣

■「夜泣」，有些人意指半夜行竊的小偷，也有人意指性行爲達到高潮時，喜極而泣的情形。不過，目前在性行爲後，會哭泣的女性很少，除了一些故意裝模作樣的特種職業者，因爲她們大部份是爲了滿足「嫖客大男人」的心理。但這一招對一些經驗豐富的嫖客是行不通的，有時候反而造成反效果，使他們感到厭

煩，而不再找她。

▓以前曾有「夜泣石」的傳說，相傳有些妓女，利用夜裡，躲在大石頭背後，等待一些夜歸的男性强行賣春，達到高潮時就發出哭泣聲，因而稱之「夜泣石。」

●眼淚

▓以前在法國曾經流傳一個小故事。據說有一位年輕的寡婦每天夜裡都十分傷心地哭著，村裏的人憐憫她，請來牧師安慰，牧師不斷地講述神的道理開導她，可是她仍舊淚流滿面，而這女人流淚的模樣兒格外美麗，牧師不禁讓她躺下，給了她三、四次的「安慰」，不料，她仍無法滿足，但牧師早已精疲力盡，只好無奈地告訴她說：「我再去找一位比較年輕的男性來安慰妳吧！」

●打嗝

▓制止打嗝最佳的辦法是突然嚇他或打他一記耳光。

例如：有一位紳士來到藥局。

「有沒有停止打嗝的藥。」

「有！是特效藥。」

「那給我一份吧！」

「那對不起了囉！」藥房的老闆一面說著，突然打了那位紳士一記耳光。「怎麼樣？停止了吧！」

「不！不是我！打嗝的人是我太太！」

另外有一個故事，傳說。有一位俠士不斷地打嗝，正不知如何是好，突然來了一位乞丐，手中拿著一支竹竿說道：

「來吧！我要替我的父親報仇！」

俠士心頭又驚又疑：「你不會找錯人吧?!」

「你竟然還說這種話，眞是卑鄙的小人。」乞丐不斷地看著對方的反應。「先生！你的打嗝停止了，該給我醫藥費了吧！」

▨男女間的性行爲也可以停止打嗝，因此當有人說：「讓我來治好妳的打嗝吧！」往往會引起對方的厭惡，但如果你懂得好好地解釋，女方仍舊會願意與你共同「治療」打嗝的。

●胸部疼痛

▨曾經有一個傳說，一位女孩假裝胸部疼痛，側倒於路旁，有一位心地善良的紳士帶她回家，請醫生爲她治療，不料，這位女孩卻乘機竊取他的錢。

有些女人常喜歡利用身體某部份疼痛而誘騙男性上當。例如，曾有一位性慾較强的寡婦，時常假裝胸部疼痛，命令家中的男傭人爲她止住疼痛，誘惑他與她發生性行爲。

▨妓女也很喜歡利用這種疼痛，誘騙一些原本無意上床的男客，但如果碰上一些經驗老道的嫖客時，很可能會因此而不耐煩地撒手而去。

●熄　滅

▨醫治過度興奮的人稱爲「熄滅」。也有人說：「客人回去了，拿出火消壺吧！」「火消壺」指的是女性的陰部。

「熄滅有多種情況，有些人尚未點燈就已熄滅了。」這裡的熄滅指的是男性的性器插入女方的陰部後，但有些人力不從心，所以說「尚未點燈就已熄滅了。」

有些比較落後的國家，以前還迷信當鄰居發生大火時，只要取出家裡女性的腰帶綁在竹竿上，放在門口，就可以轉變風向，防止大火蔓延到自己家中。

▨有些男性生性急躁，因而時常產生「立即熄滅」的現象。所謂「立即熄滅」是指剛勃起就又無力了。最好緩和心情，慢慢地重新再來。

●障礙

▨有些人把女性在高潮時發出的嬌聲稱為「障礙」。

▨「障礙」亦可指女性每個月的生理期，因爲此期內不便進行性行爲。但也有些女性認爲在此期間進行性行爲，特別具有快感。

●撫摸

▨如果你一向不受酒吧女人的歡迎時，可以試著撫摸她的頭髮，因爲頭髮是女性的生命。

▨當女服務生藉機撫摸你的膝蓋時，你千萬不要誤會她對你有意，因爲這些動作都是爲了工作而特別訓練的。

■撫摸可以使女性產生快感，但如果你想盡快地進行性行爲，可以改變方式，使用「碰」的效果更佳。

●打噴嚏

■我有一位朋友，湧起性慾時，就會打噴嚏。我覺得很奇怪，就請教醫生，結果發現醫學上確實有此例子。性慾心理學家艾里斯也曾經說過：「春情湧現時，全身會顫動，喉嚨阻塞，因此會打噴嚏。」

■打噴嚏是爲了排除異物進入體力的情形。但就性愛的觀點來看，有些人是因爲長期壓抑，才會產生這種情形。

■金賽博士曾經說過：「當妳身邊的男士打噴嚏時，妳就必須注意了。」其實，有很多情況完全出於生理上的自然現象，但爲了避免受人誤會，儘量不要在女性面前打噴嚏。

●摩擦

▓自古以來有一條尋芳客必須遵守的原則，那就是儘量避免與妓女們發生摩擦。因爲從事這類工作者，大都爲生活所逼迫，一旦陷入這種環境中，她們常常爲了保護自己而做出許多令人意想不到的事。尤其應該避諱當衆責罵她們，否則如果她們懷恨在心，從此後，你的生活將會不得安寧。甚至於連一些幽默性的諷刺話題都不能說，以免爲你自己招來不可收拾的惡運。

▓有一句俗諺說：「摩擦的兒子流淚了，流淚的兒子想起故鄉」話中的「兒子」意指男性的性器。

▓男性自慰的行爲也稱爲「摩擦」。至於這種行爲是否對身體有害，其議論紛紛，讚成、反對各佔一半。不過，據林博士報導，幾乎每個男性都有自慰的行爲。

●說謊

▨法國盛傳一個有趣的故事，傳說有三位農夫在路上撿到一筆錢，因爲無法平分，所以決定比賽誰最會說謊就可以得到錢。正當此時，恰好有一位牧師經過此地，看到此種情形，就痛心地指責這三位農夫說：「將撿到的錢納入私囊，已是一大過錯，你們竟然還預備比賽誰的說謊能力最高，我相信神一定不會原諒你們！我一向都不說謊。」

結果，這三位農夫異口同聲地說：「我們都輸了，應該把這筆錢交給牧師。」

因爲法國人一致認爲，說自己從來都不說謊的人，其實都是說謊的高手。

▨我們處在一個充滿謊言的世界，因爲它能讓世界更快樂。每個人從新年那一天起，就開始說謊，因爲你會在寄給朋友的賀年卡上寫著：「祝你發財！」但事實上，人皆有私心，凡人都不希望別人的財產勝於自己。

▨善意的謊言可以使對方快樂，人們的心理也十分奇妙，或許她明明知道「你討厭她」，但當你告訴她：「我喜歡妳」時，她依然充滿喜悅。因此，善意的謊言有時候非旦可以防止許多不幸的發生，還可以拉近彼此的距離，讓這個世界更加美妙。

第二章
約會的妙語

今日訓

如果你有誠意的話，不妨勇敢地邀約你公司裏最美麗的小姐，說不定會有意想不到的收穫。因爲，一般人都認爲漂亮的女孩周圍一定包圍著很多美男子，其實不然，或許正因爲大家都抱持這種想法，膽怯不敢冒然相約，反而使那位美女「孤芳自賞」。

所以只要你有勇氣，結果一定比你想像中的圓滿。

把握時機

曾經有一位女士將「時機不對」用作口頭禪。

每當——

「今晚陪我好嗎？」

「時機不對！很抱歉！我今天晚上喝太多酒了，頭很痛！改天吧！」

「那請妳下週日參加我的生日舞會，好嗎？我一定會有萬全的準備！」

「謝謝你！可是眞不湊巧，我的媽媽和弟弟要從故鄉來看我，下次再說吧……！」

這位女性總有許多不湊巧的事情可以作爲拒絕的藉口。如果這種事情一再地發生，當然令人覺得十分掃興，但男士們應該有些雅量，一、二次並沒有關係。

而且不只這位女性，有很多女孩都會找各種藉口來婉拒對方，尤其是一流餐廳的服務生，更懂得如何婉拒客人的要求，既不得罪客人，也可以保護自己。

大部份的男性對於婉拒他的女孩，都會益添一份留戀，不管對方一再地拒絕，也繼續追求，卽使明知對方不喜歡自己。

相反地，如果拒絕得不夠技巧，而且含有誇張的意味時，可能會受到男性的輕蔑。因此，這對女性而言，是一門大學問，究竟婉拒後，會增加自己的魅力呢？還是反而被他輕蔑，就看妳的技巧如何了！

也有一些女性，一開始就很爽快地答應邀約，彼此順利地約定時間、地點，但到了約會期前一天時，才打電話告訴對方，她臨時有事不能去……等等，更令人覺得掃興，但這類女性仍算懂得禮貌；有些女性毫無通知就爽約了，更叫人難以忍受。不過，總而言之，從事特殊職業或服務於餐廳的小姐應該懂得如何婉拒客人，因爲客人是她們的經濟來源。

有些女服務生技巧更高，拒絕客人數日後，等他又來到酒吧時，就會這樣對他說：「我眞沒用，到了重要關頭，才又退縮，如果等我成熟些就好了。」

有些男性不假思索地，就會被她這些甜蜜的謊言所騙，而繼續等到她成熟些。另外有些男客則因此轉向，找一些三十歲以上比較成熟的女人。那時侯，那些女人又會如此說：「我可不是初出茅蘆、不懂事的小女孩，我曾經吃過很多男人的虧，已經決定不再交男朋友，我的身體終究比金錢重要！」有些男性會中了她的圈套，追問她爲什麼不願再交男朋友的根本原因，因而更在意她的存在。

手段

以前的男性爲了欺騙女人，幾乎用盡各種辦法，而現在的女人，如果想得到某個男人時，亦用盡各種手段。在這個五光十色的世界裡，大家都已不再單純。例如：有些女人硬賴某個男士與她發生關係時，這位男士就很難辯解了，因爲發生關係的地點大都在無人的地方，根本無法證明。甚至若那位女性故意安排，讓別人看到你們走進旅社，那你就百口莫辯了。

碰到這種情形時，一般重視社會地位，愛面子的男人，爲了不致於鬧進警察局，通常會花錢了事，這正是被女人所捉住的弱點。有關這類的報導很多，但爲何仍有那麼多男人願意吃虧上當，使得此事屢見不鮮？！——這都是因爲有些男性認爲，當女方給你這種機會，而你不接受時，對自己是一大恥辱。我的朋友中，就有一部份抱持這種觀念。

「或許我現在說的事情，令人有些難以相信，可是我眞的碰過一次，這也是我現在常喜歡去看電影的原因！」A先生煞有其事地繼續說著：「有一次，當電影近尾聲的時候，坐在我身旁的一位女觀衆突然趴在前面的椅背，神情顯得十分痛苦，我一時興起憐憫心。」

「妳怎麼了？」

「我再也忍不住了，我肚子好痛！」

「那我到公司拿藥給妳吧！」

「不！不必了！能不能麻煩你幫我叫輛計程車?!」

從黑暗的電影院出來時，他才看清楚這位女人看起來近三十歲，全身散發出一股成熟的魅力。他一邊扶著她，一面叫計程車。「要不要緊？」

「謝謝你！要是你方便的話，能不能送我回去？」

男人面對這樣一位充滿魅力的女人，總是無法抗拒！又看對方有病在身，更是不忍心拒絕了，於是答應送她回家。結果，原來她住在單身女郎公寓。

送她進屋後，她的疼痛似乎已經減輕了許多，於是倒了兩杯白蘭地。

「喝下這杯，便可以減輕我的疼痛……謝謝你送我回來，我敬你一杯！」

他們痛飲幾杯後，所發生的事我也不必詳細描述了。

「當初我很擔心會有什麼後遺症，是一個美麗的圈套，可是始終沒有發生什麼事！」

「那大概只是因爲她單獨居住，須要性滿足吧！」

「後來你有沒有再到那棟公寓？」

「有！差不多過了一週後，可是她已經搬走了……不過，我敢肯定她絕對不是賣笑女郎！」

說到這裏時，我的朋友才突然想起，原來她不是眞的腹痛。從此以後，他認爲一定仍有這種美好的機會，所以經常去看電影。

「病」可作為約會的藉口

這是大戰以前的事了。當時我在一個戲團裡當戲劇指導。一年當中，大概有五個月在南部公演。這項工作最忌諱演員臨時生病，因爲這樣就必須臨時找一個替身，重新訓練，如果這位新手反應尙稱靈敏，那我仍可以輕鬆地訓練她，但若恰巧找到一個反應比較遲鈍的人時，我時常又氣又緊張地不知該如何是好。

所以每次巡迴演出，我都會不斷地祈禱，希望演員們身體狀況良好，但從不曾有過如願的時候。而且不知道是爲了什麼巧妙的原因，或許因爲這些女演員們一同生活已久，連生理期也幾乎相近。

剛開始時，我仍不知有此現象。有一次，三、四名女演員突然一起腹痛，我還誤以爲是食物中毒，揑了一把冷汗。

後來，我才知道，女性們的腹痛情形也會「傳染」，有些甚至痛得無法出演。又有一天，一位平常疼痛情形較輕的女演員，突然壓著下腹部，一臉痛苦的神情。我由經驗中知道「病情」，所以讓她回旅館休息，另外找人代替。

經過了一番急訓後，終於可以如常開演，我在鬆了一口氣之餘，突然想起旅館裡那位女演員，她平時最適合演舞妓，長得既可愛又迷人，我對她頗有好感，惟恐她一人在旅館內無人照料，因而決定趁此空檔去探望她。

待我一推開旅館的房間時，爲眼前的景象所驚，原來她正與一位男士熱吻著，而那位男士正是旅館的老闆。從此以後，大家都稱這種「病」爲「約會病」！

技巧性的約會

前一陣子，國內外經濟不景氣，各行各業都爲了儘量減輕支出額而避免應酬，因而從事特種行業者也隨之沒落，而那些妓女們爲了誘惑客人上鈎，也使盡各種手段。

例如：「前不久我回故鄉了，爲你帶來一些名產！希望你能到店裡來拿……」我曾經收到一封明信片，仔細察看它的郵戳，也確實是寄自她的家鄉。

後來，我經過再三考慮，惟恐他人認爲我只爲了禮物才去，所以還是決定不去。況且我也很

清楚她們的戰術。

她先從家鄉買回許多風景片，寫好後，再以包裹寄回家鄉，蓋過郵戳後，再由家鄉寄出。

大部份的男人收到這些信時，都會赴約，屆時，她再到特產店購買家鄉土產分送卽可，這是以「小魚釣大魚」的戰術。最主要的目的是要求客人捧場，收入就自然地比支出多。

此外，也有以下的情況——在電話中……

「我好想念你！我好愛你！我們見見面吧！」

「見面？在那兒？」

「我現在人在店裡，你馬上過來好嗎？」

就一般的男性而言，雖然明知道這是個美麗的謊言，她想要的只是你口袋裡的錢，但卻又無法抗拒電話中那種甜美富挑逗性的話。

其實「我愛你！」是她們慣用的口頭禪，對象全是有錢的凱子。只要了解這一點，就比較不容易受騙上當。何況她的酒吧離我的公司很近，如果她眞想見我，到公司卽可。總之，她們的用意已十分明顯，只有傻瓜甘心受騙者才會上當。

我對她們這種賺錢的手段很不以爲然，因此忠告她們的老闆娘！「老闆娘！請多管管妳的女服務生吧！」她卻認爲我多管閒事，一點也不在意我的建議，反而「理直氣壯」地告訴我：「這是一種具技巧性的約會」。

妻子的心態

有些先生在外面金屋藏嬌，常以為家中太座什麼都不知道，而放心地盡享齊人之福。——其實事情不如你心中想像的簡單，以下我將提出太太知道先生有外遇後，所持的心態及即將採取的反應，以供那些生性風流的先生參考，快些決定如何保住家庭幸福。

▲太太通常早已透過徵信社知道這件事，所以……「你每天工作這麼辛苦！今晚大概還是會晚歸吧！錢是身外物，你可要『好好注意自己的身體』喔！」當你的太太如此告訴你時！你就應該開始想出圓滿的策略，避免「炸彈」眞的爆發，屆時就無法收拾了。

▲如果你的太太突然大量地添置衣服、化粧品……等各類奢侈品時，你就必須注意，當你開口責罵她時，她會反咬你一口：「你是你！我是我！我沒有勾搭上別的男人，你就應該很滿足了！」

▲有一類太太通常對任何事情都斤斤計較，喜歡小題大作，總故意大聲地喊著：「我不甘心！」

其實，對某些國家而言，先生在外面養女人並非什麼大不了的事，如古人所說：「一盜二婢、三妻四妾」，如果對方爲有夫之婦，更見風味。也有些太太將丈夫當作裝飾品，大言不慚地說：「如果我不是個有夫之婦，身邊也不會圍繞這麼多男性。」所以大聲地喊著「我不甘心」的女人通常都已紅杏出牆，才故意誇張地表示嫉妬！減輕先生對自己的懷疑。

▲千萬不要以爲你太太很安份守己，就忽略她的生活狀態，也許她早已有前科，只是你不知道而已。

例如：有一對夫妻已育有一女二男，丈夫十分疼愛兒子說：「妳看！他的眼睛、嘴巴都像妳，將來一定有很多女孩子倒追他！」如此溺愛地吻著小兒子。不料，妻子心裏卻暗暗想著：「幸虧生的是男孩，尚分辨不出，如果是女孩，一定會東窗事發。」太太看著先生得意地笑著：「我已經滿月，可以外出了，應該帶他去見他的爸爸了！」如果你碰到這種情形時，仍能安心地在外繼續金屋藏嬌嗎？這是家庭悲劇上演前的序幕。

▲有些太太夜裡睡覺時，突然背對著先生，或打退他那雙愛撫的手，此時，丈夫亦不得不注意，她已知悉你在外面所有的行爲了，如果再不能有妥善的解決辦法時，冷戰會使你的家庭逐漸破壞。

適當的禮物

送禮的內容通常以與對方的感情深淺而定，但也有些例外，不可一概而論。「一般的女人喜歡送禮給自己喜歡的人，也期望收到對方的禮物。」送禮是件不易選擇的事，必須仔細觀察，並視情形而定。

例如：中秋節最適宜的禮物爲月餅，但如果每個人皆送月餅，受者無法吃完而導致腐壞時，就失去送禮的意義了。

此外，當你想送禮給女性時，必須詳細考慮，以免表錯情。例如：內衣——一般只有先生或十分親密的男友，才能送此禮物。

曾經有位金先生，與她的女友相交已久，感情甚篤，卻從未發生過親密的關係。並非沒有機會，而是金先生生性膽怯，即使他的女友一再地暗示，他依然不敢有所行動。

因此，我就使用激將法提醒他：「你再猶豫的話，她就會變成別人的了……」這句話果然產生效用。金先生下定決心，計劃先送她禮物作爲暗示。

於是經過精心挑選，購買一套七種色彩的內褲，並認爲以他們兩個人的感情，送此禮物尚稱合適。

不料，她卻十分生氣地說：「你太過份了，故意以此汚辱我嗎？」於是兩人不歡而散，金先生最後才知道，原來那位小姐每次和他約會時，都未著內褲，如今金先生特意送她這些內褲，變成一種無心的傷害。

●裙子

▨在「七年之癢」影集中，瑪麗蓮夢露站在地下鐵氣孔上，當地下火車經過時，一股氣流掀起她的裙子，她那急忙壓下裙擺的表情，引起無限遐思。

▨西元十八世紀，歐洲流行吊鐘型的大蓬裙。有些男人爲了潛進女友房內，就躱在裙內，隨著她走到房間內，當他們躱在裙內時，雖然有些緊張，但裙內「風光」卻十分迷人，可令男性大飽眼福，是人生一大樂事。

▨目前所流行的窄裙，亦十分迷人，由於窄裙必須合身，所以穿在身上時，使得女性身材顯露無遺，曲線清晰，甚至連內褲的線條都可一目了然。

▨一般而言，喜歡穿著圓裙的女孩子，生性較爲浪蕩。因爲那是一種示愛的方式，方便男友隨時的愛撫。

▨自從流行迷你裙後，男性們常可以在公車上大飽眼福，因為女性們坐下來後，很難掩飾「內在美」。

●絲　襪

▨據說，發明製絲襪的機器是一位英國牧師，名叫威廉。西元一五八九年時，他為了減輕太太編織絲襪的辛苦而發明。

另有一傳說。當初，這位牧師有位編織絲襪的女友，但因此工作費時，他的女友沒有多餘的時間陪伴他，牧師為了得到女友更多的愛，就為她發明了絲襪機。從此，每位女性開始注重腿部的美感。

▨西方的妓女，夜裡接客時，通常都不脫絲襪，與東方女性不同，因為她們腿毛長，愛撫時不覺光滑，所以為搏得嫖客的歡心，從不脫掉絲襪。但東方女性卻天生具有光澤細緻的美腿，不須要絲襪作為夜裡的裝飾。所以有些西方嫖客接觸東方女性後，就終生難忘。

●皮　包

所謂的 Idandbag Boy 就是指那些供女人玩的小男孩。

■一般知名度較高，經驗老練的妓女都會隨身攜帶小皮包，而小皮包內通常放置香水、菸、打火機、紙……等七種服務嫖客的必需品。

換句話說，與她在一起時，可獲得更周到的服務，所以熟悉酒廊的嫖客一律會選擇身邊攜帶小皮包的妓女。

●鈕釦

■一七○五年在英國報紙上曾刋登一則尋人啓事：「十一歲、高瘦的小男孩，穿著具有『山型銅鈕』的呢絨大衣，背心上鑲有扁平的銀製鈕釦！」啓事中以小孩身上所穿衣服的鈕釦爲特徵，可見當時已十分重視鈕釦。

傳說中的海盜吉德（一七○一年在倫敦被處絞刑），身上所穿的衣服都鑲有二十～三十粒金鈕釦，可見當時以鈕釦來表示一個人的貧富或身份。

■有些男人常會忘了扣上褲鈕，這類男性感覺比較遲鈍、性器勃起的機率低。

此外，如果你的先生或男友褲鈕掉時，千萬不要在他穿著在身上時縫補，因爲女性習慣在縫完後，用牙齒咬掉縫線，萬一恰好爲人所見時，難免爲人誤會妳正爲他的性器服務。

■有些女性故意把鈕釦裝飾在一些不適當的地方，令男性產生遐思而想入非非。例如，臀部上，甚至陰部前。

●別針

■有些女性喜歡把他的相片或紀念品鑲入別針內。甚至曾經有一個女人把死去的男友之體毛鑲於別針上，所以正當與她做愛的男性，看到這個時，一切興奮都消失了。

■如果有人告訴你：「那女人就是別針！」時，你最好避免與她接觸，因爲別針表面雖然很美麗，但背面卻是容易刺人的針。

●手鐲

■原始時代，男、女都是一絲不掛，唯一可作爲裝飾的就是手鐲，在他們眼中，那不僅是裝飾品，也具有驅除邪惡的護佑作用，所以手鐲成爲他們的必需品。

■手鐲大致可分爲鑽石心型及鑰匙心型，將此送給女友時，前者意即「我把心送給妳！

」，後者則為「我要打開妳的心！」。但也有人把此二者串連，表示兩人已身、心相屬。

●旅館

■最近旅館業如雨後春筍，愈來愈多，如果旅館門口有「溫泉」標誌者，表示內有色情服務。

■目前很流行旅館內約會，不但情調佳，服務亦十分周到。也不會有第三者干涉你的行為。

●髮夾

■曾經有一則故事，傳說有一位大文豪與好友馬克共遊金島時，談及有關絲襪的事。馬克說：

「女人沒有襪帶時，如何固定襪子？」

文豪微笑地說：「髮夾！」

■當你搬進公寓之初，打掃房間時，就可以知道以前是女性或男性住在這裡，如果是前者，一定可以發現髮夾。以前的女性曾迷信，當頭上的髮夾無端掉落時，表示男友正想念著自己。

■當女性與男性單獨相處，而且取下頭上的髮夾時，則表示她願意將身、心皆給那位男性。

至於取下髮夾的目的是爲了防止行房期間動作激烈而刺傷對方。

因爲兩者進行性行爲時，男性通常會激動地將手插入女性的頭髮內，所以如果女性不取下髮夾，難免會刺傷男方的手而令其感到掃興，或許有些讀者已經有此經驗。

●戒指

▨自古以來都相信「心臟是戀愛中心」，而且心臟位於身體的左側，所以總是把訂婚戒指戴在女方的左手上。

▨有些人喜歡在戒指上鑲鑽石，因爲鑽石質硬，表示兩人的愛情堅定不移、至死不渝。

▨有些男性將戒指視爲祥瑞。也有人特意在中指上戴三個戒指，因爲他們迷信「金」與「精」音同，可使男人「精」力旺盛，使婚姻生活更加圓滿。

●項鍊

▨喜歡戴項鍊的女性，通常比較喜歡性生活，也懂得如何撒嬌。夜裡睡覺時，如果對方的手不環繞著她的脖子，她就無法安心地睡覺。

▨送項鍊給女方，表示「我的情意將永遠圍繞著妳」。

●襪帶

■襪帶具有縮緊性，用以固定襪子。

■西元一七七八年時，路易王朝的貴夫人都流行使用鑲著寶石的襪帶來固定自己的絲襪，增加幾分魅力。更有些人偷偷地把男友的畫像畫在襪帶上。

■一九一八年，在美國發生一件與襪帶有關的官司。有一位裁縫師控告一位女明星，要求她賠償五百美金，女明星則懇求待她領錢後再付清。不料，裁縫師堅持不肯，而且向法官說明：「她的腿上有一條價值美金一千七百七十元的鑲鑽石襪帶，就叫她以此作爲抵押吧！」但法官卻十分不以爲然地說：

「女性戴著襪帶的部位不在我們裁判的範圍內，不准！」幽默地拒絕裁縫師的要求。

■一般都認爲，襪帶對英國人而言，是最高貴的物品，而且一律在上面鑲著：「具邪念者，必招來災禍」等警世名言。

這件事有一典故。據說：有一位伯爵夫人不小心在宮廷上掉落了襪帶，心中又窘又尷尬，正不知如何是好！沒想到，艾德華三世卻從容不迫地撿起襪帶，並對衆人說：「具邪念者，必招來災禍！」這就是襪帶受重視的典故。

▨大文豪歌德也曾在名著「浮士德」內提及：

「以妳的圍巾作爲我愛情的襪帶吧！」

▨襪帶亦可作爲女性誘惑男性的重要道具。例如：有些妓女故意把火柴盒放置於襪帶上，客人想抽菸時，她就故意誇張地掀起裙子。或故意在客人面前整理襪帶，男性看到這些情形時，自然會產生性慾。

●鏡子

▨曾有某個妓院，房間四面都安裝鏡子，因而妓女可以看到自己與客人微妙的動作，或令嫖客更加興奮。目前溫泉旅館內也都會放置一面大鏡子，不過，奉勸尋芳客，必須注意這是旅館故意設下的圈套，供人觀賞。

▨英國依莉沙白女王曾經對她的丈夫說：「我希望能見到你所喜歡的女人的肖像！」數日後，她的先生命人送來一面大鏡子放在依莉沙白面前，使得她的影像全映在鏡上，表達：「我最愛的女人就是妳！」的心意。

你不妨可以試試這種方法，或許比你送其他禮物給她，還使她欣慰。

■以前也有一種稱爲「鏡圖」，其實就是「春圖」。

●酒渦

■美國人一般相信，下巴長著酒渦的人，皆非善類。也有一句古諺說：「臉頰上有酒渦者必須找愛人，但下巴有酒渦者，愛人會自動送上門！」

■在有些國家內，酒渦象徵太陽的保護。也有人持相反的看法：有酒渦的小孩是因爲父母白天行房時，受太陽因的嫉妬而憎恨所致。

■男人臉上有酒渦時，表示與妻子無緣或一生中皆有女人禍。例如：自己不喜歡的女人纏著你或鬧單戀。

■單酒渦的女人很懂得技巧，可以滿足男人的性生活。

■有句俗諺說：「將痲臉當成美女」卽所謂的情人眼裡出西施。本爲痘痕，卻將它看成酒渦。

■酒渦能帶給女人嬌美感，因此，最近有很多女性特意去做酒渦美容手術。其實，酒渦缺乏成熟的魅力，遠不如成熟的女人迷人，所以女性千萬不要太盲目行動。

●泳裝

▨以前的泳裝大都爲一片式，但目前都流行比基尼式的泳裝。當然穿著比基尼泳裝的女性大都對自己的身材頗具信心。也會引起男性的遐思，聯想對方裸體的模樣兒。

▨女性穿著白色泳裝，如果溼潤時，「重要的部位」都會顯現，如果男士們懂得把握機會的話，就可以在此時，使用閃光燈爲她拍攝照片。

▨最近的女性泳裝都有棉墊，所以，男士們應該避免上當，不要看到胸部性感的女性就纏著不放，也許到了旅館後，你會很失望。

▨一般的男性，穿著泳褲前，都會先穿上內褲，以免自己看到漂亮的女孩，因太興奮而勃起。但也有些男士們，故意不穿著內褲，誇耀他的性器。

●腰帶

▨女性的「腰帶」，不僅是一種裝飾，也是貞操的象徵，非遇親密者，絕不輕易解開。

▨「解開腰帶」意卽進行性行爲。

▨當女人想偷偷地進入男友房間時，爲免他人聽到自己的脚步聲，通常會把腰帶舖於通往男友房間的路上，踏在上面，別人就不會察覺了。

第三章 床上的妙事

今日訓

「幻想做愛比實際進行美！」

有些男性與女友進行性行爲後，一致覺得「只不過如此！」幾乎很少有女性在事後，仍能讓他念念不忘。

所以他們就認爲幻想做愛可以減輕實際進行後的失望感，既省錢又省事。

上床前須注意事項

我和友人看完一部文藝片後，相約同往酒廊，一面討論片中的劇情，其中一位說：

「A小姐到底有沒有『給』B先生……影片中只拍出她坐在床上……就轉移畫面了……」

「關鍵在於那張床！」

「可是那張床像沙發椅一樣，難道他們會在上面進行？」

因而有些朋友認為「有」，有些認為「沒有」，雙方各持己見，爭執不下。我認為她已經把自己給了他了。

「A小姐坐在床舖上時，曾有取下髮夾，讓頭髮鬆落的動作，而取下髮夾是做愛前的準備工作。」

「哦！取下髮夾就意味著這個嗎？我倒是第一次聽說。」我的朋友恍然大悟地說著。

根據我的經驗，以往我和女友做愛前，她也會取下髮夾，因為心情興奮時，男方會將手插入女方的頭髮內，取下後可避免刺傷。

我也一直認爲女性睡覺前，也會拿下髮夾，如果不拿下，那才不合理。這部電影的導演大概和我具相同的看法，才做如此的安排。

古猶太人在新婚之夜，新娘會故意將頭髮弄散，依偎在新郎身旁。「放鬆頭髮」表示自己願把身、心皆獻給對方。可見這種觀念是從以前一直沿襲著，並無變化。

技巧性的引誘

我以前曾經在某個劇團內擔任文藝部員，有位同事向來毫無忌諱，不修邊幅，也很少沐浴。同事們都不喜歡和他交往，因爲他身上時常發出異味。但我和他意趣相投，這份工作也是經由他的介紹而得，所以兩人感情尚稱融洽。

他有很多令人訝異的怪習慣及怪動作，每次一到旅館，他總會出其不意地抱住女服務生，即使女服務生嫌惡他身上的異味，他也無所謂。每次，從公演開始後的一個月內，如果女服務生不願爲他整理房間，他的衣物就會堆滿整個房間，若我看不慣而爲他整理，他還會不高興地說：「這是女服務生的工作！」

我只好收拾自己的衣物，繼續忍受他的髒亂。可是有一件事十分奇怪，他既不講究衞生，更不修邊幅，然而每當公演結束後，該旅館的女服務生一定已經與他發生特別的關係了，此事令人不解。

後來，在一次偶然的機會裡，我又遇見他，他穿着竟打扮得如紳士般，我訝異地問他：

「爲什麼你以前總是那麼髒？」

「我那時候是故意的，因爲……」他稍微遲疑後，又繼續說：「女人天生具有母性愛，因此，如果你故意製造機會，讓她來照顧你，剛開始時，她或許會覺得有些厭煩，但如你能滿足她的母性愛時，他反而會樂意爲你服務。所以若你太講究衞生，和一般人相同，反而沒有機會與她親近，相反地則可以拉近彼此的關係。

畢竟有點異味的男人總比無臭無味的男人有味道，這也是我特別得到女服務生青睞的原因。」

「你平常喜歡賴床，每次服務生都必須費勁地叫醒你！」我突然想起他時常睡到中午，看來他也是別具用心。

例如：

「你究竟要睡到什麼時候，我必須收拾房間！」當女服務生催他時，他總是故意不理不睬。

「好！你再不起來，我要掀棉被囉！」

「不行！我還要睡！」

「不行也得行！」女服務生一邊說著一邊掀開棉被，他照樣睡著，女服務生卻一臉驚訝……因爲他看到了勃起的性器。他總在她仍搞不清楚怎麼回事前，就把她拉入棉被內，然後……。如此，女服務生就在毫無防備的情形下與他發生關係。

以上，卽我那位不修邊幅的朋友獲得女友的手法。

接吻是做愛的前奏曲

我有一位朋友，和另一個女人接吻後，竟提出與女友分離的要求，原因十分令人費解。經我一再地追問，才得知原來是對方具有特別微妙的做愛技巧。他還告訴我，接吻時就會發出妙聲的女人，做愛的技巧總比其它女人高。據他描述：

「五年前，我和一些朋友曾有一個不成文的玩樂規定，每個月至少在旅館聚會一次，而且必須由女友陪同，若無女友就在當地找位應召女郎陪宿。有一天，我和女友吵架了，無法由她陪同參加聚會，正想放棄這次機會時，有位朋友卻爲我介紹另一位女孩，她面貌姣好，屬嬌小玲瓏型，身材美妙，皮膚細白。又爲了報復女友，就答應由她陪同。

那天大家都喝了很多酒，迷迷糊糊中只記得大家都混雜著睡，可是當我醒來時，卻發現我和她獨睡一處，究竟發生了什麼事，我本身也滿頭霧水。

後來，才知道那晚我與她之間的事都被錄音了，原來他們別有用心，故意整我，而且還故意放給大家聽，他們認爲那是一段美妙的音樂，樂器是她，彈奏者是我，她時而因興奮而發出妙聲。

我一直認爲她存著表演的心理，因而希望能重新印證那種感覺，機會竟在意料之外來了……。

當天晚上接吻時，她就已經發出令我興奮的聲音，做愛的技巧更是高人一等，因而即使她已經結婚了，我仍舊對她念念不忘。」他感慨萬千地嘆口氣，又繼續說：

「前幾天，在一個偶然的機會，與一位小姐接吻了，未料，她的技巧比前者高，實在叫人有些寒心………」他雖然這麼說著，表情卻很生動。

如何治療心理作用

以下是一位身歷其境者的經驗之談，可供各位參考。

……我只喝半瓶酒，就能舒服地過一個晚上………。

那是一個很冷的晚上，我和朋友一起在酒廊喝酒。

「我們今天晚上要痛痛快快地喝，不須要女服務生了。」我的朋友爽朗地說著。後來，喝了四、五瓶後，大家皆有幾分醉意，此時若仍都是男人，自然沒什麼意思了，所以就請來了兩名應召女郎，當夜留她們住下，有趣的事從此發生了。

待大家盡興地喝完酒後，便各自回房行事，正當重要關頭時，我才發現自己根本無法「行動」。或許是因爲喝酒過量。總之，這件事對我的打擊很大，那種羞恥感非身歷其境者，無法了解。

從此以後，卽使我只喝了一小杯酒，但若在做愛時想起那件事時，就立卽無法行事了。當時我一直處於低潮期，而且發現米酒的影響力更大，所以儘量避免做愛前飲米酒。

但另一個晚上，應朋友之邀到酒廊後，在朋友的「脅迫」下，喝了一小杯米酒。恰巧當晚那位女郎十分動人，更令我產生一種遺憾的感覺。惟恐事後遭受嘲笑，乾脆自己先行招供：

「如果是喝洋酒，多少都難不倒我，可是一旦喝了米酒，我就不行了……所以今天晚上妳也不用陪我了。」

「這完全是你的心理作用，讓我來爲你治療吧！」

那個女郎技巧相當高，而且服務周到，當晚我竟然意外地順利完成那件事，也治癒了我那種心理。從此後，我基於這次的經驗，常故意對她們說：「我有這種心理作用，恐怕會讓妳失望，不過，如果妳能細心地爲我治療，一定可以使妳滿意的！」

此時，大部份的女人都會發揮母性愛，同情地說：「這個可憐的男人，讓我來幫助你吧！」而以特殊的技巧治療我……。

女人也喜歡刺激

如果有人說：「女人是喜歡刺激的動物」，女人一定會反駁說：「男人才是，男人爲了尋求刺激，才找女人，而女人又是反應他們的刺激而已。」

我一直過著單身生活，因而那些酒肉朋友才把我這裡當成旅社。我靠文章爲生，睡眠時間不定，時常夜裡三、四點才入睡，有時候甚至通宵不眠。有時候，半夜一點鐘左右，就有人來敲門，從那急促的聲音，我已猜出那是A先生來了。

「我的錢全喝酒喝光了，只好在你這裡借住一宿！」於是他自作主張地闖了進來，身旁還跟著一個女孩。

「我只有一個房間，如果你不會覺得不方便，就住下吧！」因而在房間內舖好兩張棉被，爲了成全他們的好事，我也不得不停下工作，提早入睡。不久後……

「你的朋友睡著了嗎？」

「睡著了！別煩！」

「萬一他又醒過來……」

「不要緊！」

我平常都四點就寢，自然無法在一點鐘時入睡，因而可以清楚地聽到他們的對話。但爲了避免破壞他們的情趣，只好裝睡，更不得不忍耐那些令人厭煩的聲音。

後來再度提起這件事時，A先生告訴我，其實他的女朋友知道我尚未入睡，她之所以說：「你的朋友睡著了嗎？」是爲了暗示，希望我裝睡，又「萬一他醒過來……」則是女人爲了掩飾心中的不好意思，意卽「並非我自願做這件事……」

此外，另一位B先生也曾借住過我的房間，他說：

「我有很重要的事要對她說，在咖啡店有些不方便，所以只好借用一下你的房間！」

基於朋友間的道義，我也不便問他究竟發生什麼事了，只好識相地到公園散步，把房間借給他們，後來經由他的自白，我才知道原來是爲了做愛，他向我描述經過：

那女孩說：「你這樣做太過份了，我和你根本沒什麼特殊的關係！」他的女友故意放高聲音尖叫著。

「特別的關係從現在開始！」於是給了她一記耳光，而她卻因此而安靜地任由他擺佈。表面上看來，這幾乎和强姦一樣，但聰明者皆知，這是他們期待中的事。

「不知道他什麼時候會回來！」B先生故意挑起緊張的氣氛，並讓那個女人著衣進行，益添幾分刺激感，充分地享受那份驚人的高潮。由此可知，男女都喜歡刺激。

如何面對女方對你的要求

一般而言，平常皆由男方要求女方，但有一次，我和一個技巧頗高的妓女完成後，她卻主動要求我帶她出場，我也是個有血性的男人，自然禁不住她的誘惑，於是請她到別處喝酒。

「今晚我們難得能獨處，我藉著酒力才敢告訴你，其實……我老早就喜歡你了！」她故意酒醉似地瞇著眼對我說。

「妳騙我！」我有幾分輕飄飄地感覺，高興地說著。未料，她卻哈哈大笑：「今天是愚人節，我什麼話都可以說！」

後來，也不知道爲什麼，我仍舊相信她的話，反正，此事說來話長，我只簡短地說出結果——她向我借了兩萬元後，就在旅館前和我分手了。

「今天晚上我不太舒服，明晚再來吧！」

對方既然這麼說了，何況我已非年輕力壯，就等待第二天的來臨。可是待我到酒廊找她，希望她實行諾言時，她卻說：

「一般都是男方要求女方，我只是想試試女方要求男方的感覺如何？當天又是愚人節，只好向你說聲抱歉了！」

關於那兩萬元的事，她卻隻字不提，我只好主動提出。

「哦?!那不是你想給我的小費嗎？」

描述到此，我也不須要再繼續說了，兩萬元飛了，因此我奉勸各位，遇上愚人節時必須特別注意，一旦有機會時，最好好好的利用，如以上的情形，如果硬請她上床，結局就不同了，而且她既然先行要求，或許她心裏正盼望你能使用强硬的手段呢！

●床

▨十八世紀的法國，新婚夫妻於婚後第二天晚上，必須在床上接待訪客，表示告知親朋好友，他們已彼此盡了義務，完成房事。

如果訪客人數多，必須利用第三、四天繼續接待，此與東方女性完全不同，她們通常比較含蓄些。

此外，寡婦也必須在床上接受哀悼，尤其是在上流階層更流行著這種風俗，例如：法國王后在國王死後，必須在床上接受哀悼，爲期六週，此乃是爲了懷念與丈夫共同生活的情景，但常因此而產生問題，傳說中法國宮廷內的性生活十分混亂。

▓太柔軟的床，對單身漢易生不良影響，使他想到女性柔軟的身體而想入非非。對女人來說，床可以緩和男性的重壓，卻減少刺激感，所以很多人都認爲床可以引起遐思，卻不是做愛的好場所。

▓在拿破崙一世時，所製造的床，大都屬於小型，這是爲了防止有人暗殺。但卻給做愛的男女帶來諸多不便。

▓南美有條成文的規定，不可在床上逮捕犯人。此與東方人不同，東方人一向認爲捉姦捉雙，因此大都當場在床上捉到，但在哥倫比亞，就從來未曾發生過這種事。

▓美國的政治家兼科學家—克林，在他的房間內安置四張床，夜裡睡覺時，每當床溫了之後，就換另一張床，因爲他喜歡睡「冷床」，如此當他和女人在一起時，該怎麼辦呢？

▨另有一位愛爾蘭作家卻與其持相反的意見，他曾在劇作中描述：「雙人床之所以優於單人床，乃因它可以驅除人們的孤獨感，在寒冷的天氣裡，也不須要使用熱爐，清晨醒來時，兩人的身體接觸，更可以產生快感………。」

我同意他的說法，但也有人認為，如果對方是個老女人，則寧可自己一個人獨睡。

▨在第二次世界大戰後，曾有人在別墅內發現一張特製的床，人們可隨意調整它的軟硬度。房間四周、天花板上都掛著鏡子，想必這一定是一位懂得享受者的住處。

●內褲

▨英文Pants，源自於一名義大利即興劇團內的團員，他代表威尼斯中產階級，名叫Pantalone，其穿著與衆不同，特別喜歡穿著只至膝蓋處的緊身褲，此成為他的標誌。後來，到了十六、十七世紀時，此劇團風迷了歐洲人士，Pantalone所穿著的褲子逐漸演變成男人的內褲，而命名為Pants。

▨女性的內褲，初期稱之為Drawers（十六世紀由義大利人起用，後來到了十八世紀後，才逐漸普遍化），女性們在騎馬或站在高處擦窗子時才穿用。

其餘的時間，她們大都不著內褲，因此他們的古畫中，才有女性邋鞦韆，而男性低著頭凝視的情形，十分引人遐思。我相信有很多男性一定很希望能再度生活於那個時期。

後來，在廿世紀後，脚踏車因受女性的歡迎而流行，但騎車時，很容易被男性窺見私處，因而又製作了另一種內褲（Bloomers）。

西元一九二五年後，內褲愈來愈短，更出現了緊身褲，給予男性另一種刺激。

●裸　睡

▨歐洲在十七世紀前，仍有裸睡的風俗，後來盛行鬧洞房後，才製造了睡衣，但在上流社會仍保有這種風俗。

●內　衣

▨世界聞名的美女埃及豔后不曾穿著內衣，如果男人能生活於那個時代，必能大飽眼福。

▨西元十六世紀，女人爲了誇耀她們的身材，穿著束衣、褲，使她們的曲線畢露。

▨結婚當天，新郎通常不會刻意地觀看新娘的著衣情形，反正她卽將是自己的人了！

▨若是發現某位女性右邊的褲帶較鬆時，表示她時常與男人親密，因爲做愛前，男人習慣拉扯女性右邊的褲帶。

▒內衣褲時常保持乾淨的女性，必定期望男性「愛」她，因爲男性喜歡清潔、乾淨的女性。

●接吻

▒德國詩人海涅曾經說過，接吻乃源於亞當及夏娃，據說：有一天，夏娃午睡時，恰好有一隻蜜蜂停留於她的嘴邊，亞當爲了趕走它，在夏娃唇邊吹風時，不經意的碰觸，令夏娃全身顫動，十分興奮，緊抱著亞當……。

▒「吻手表示敬愛，吻額頭表示友愛，吻臉頰表示好感，吻嘴表示愛情，吻眼睛表示憧憬，吻手心表示慰求，吻手臂或頸部則表示愛慾，吻其它部位時則表示存有非份之想。」

這是一位奧地利詩人格利巴爾（Grill parzer）所作的詩。接吻不見得只指口對口，口以外的部位，如眼、鼻、額頭、手等也是，在一本百科字典中就載有六十多種接吻的方式。

●遊戲

■男性十分喜歡窺視女性很少暴露在外的地方。因而，有些尋芳客便時常藉機掀開對方的裙子，在上面擺硬幣，由下而上，逐漸視裸，當然在事後這些錢屬於那位妓女，但對男人而言，這種遊戲的付出是值得的。

●洞、穴

■人從「洞」內出來，又入洞而去，但後者指的是墓穴。

■所謂的同「穴」兄弟是指兄弟二人在事後方知與同一名女性有過性關係，此時先進行者自然比較得意。有時候會因而破壞了親情。但如果他們彼此感情融洽，而且不很重視那位女性時，就可以避免這類糾紛了。

■男女一樣皆有五官等的「洞」，但就生理方面而言，女方比男方多一個「洞」！

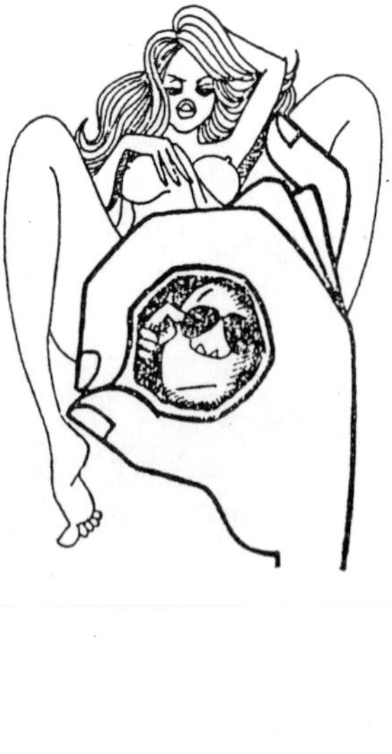

●味　道

■基本的味道有六種，甘、酸、甜、苦、辣、澀等。
■具女人味者除了面貌姣好外，仍應具備好的觸覺。

●口　交

■歐洲一般把「六九」的行爲稱爲口交，也許有人認爲這是一種變態的性行爲，而且主要是指女性。
■口交由接吻演變而來，通常在由衷地喜歡對方的情況下才會有此發展，否則，如果與自己不喜歡的人有此行爲，顯然地有些變態。平常儘量避免這種行爲，乃是由於它的表達方式特殊，而且較爲危險，易轉爲變態的性行爲。

第四章 遊戲人生

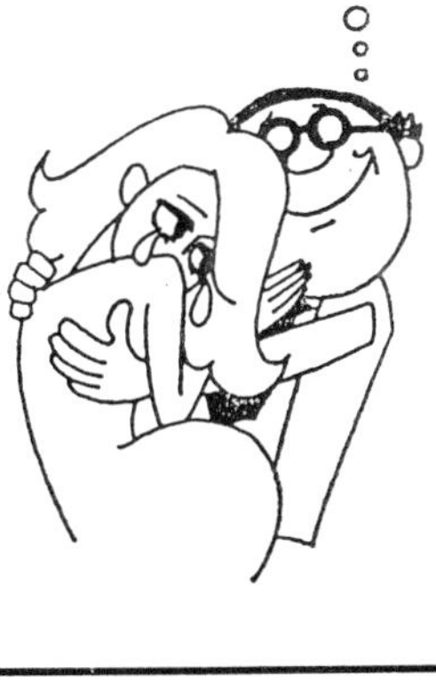

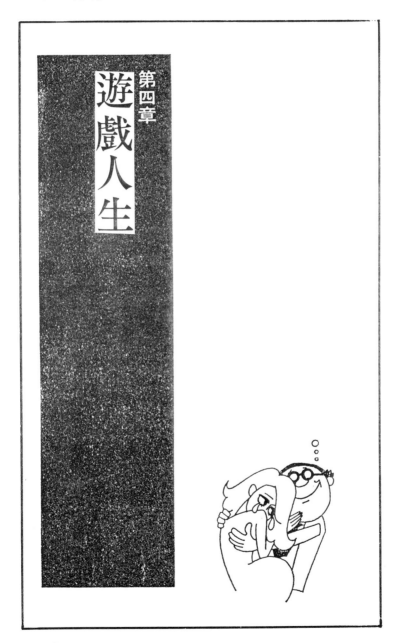

■今日訓■

「個性堅毅的男性也容易被女性的眼淚軟化，所以眼淚是女性最大的武器。」

每當男方看到女方悲傷的神情及一雙淚眼，就會引發男人憐香惜玉的天性，聽從她的命令，付出所有的感情，尤其是做愛後所發出的嬌泣聲，更是男性的弱點，使他終生難忘，因而有些女性時常故意發出這種聲音，捉住對方的心，讓他永遠拜倒在自己的石榴裙下。

握手的功過

在一次不經意的翻閱中，看到國外版上報導有關握手被禁止的事項，主要原因是為了避免黴菌的傳染。這件事帶給我不少疑惑，我特地請教了一些專門的醫生，根據醫療知識，證實這項報導屬實，難怪小學教師都教小學生們飯前一定要洗手，餐廳內也都備有「洗手間」。

但是握手早已成為我們的日常習慣，平時我們都不覺有異，現在仔細想想，確實有些可怕。例如：同學聚會時，總得和人一一握手，此時，黴菌就隨著傳染到每個人手裡。

雖知如此，基於禮貌，我們也不能一面握手，一面使用酒精擦拭消毒，這是一項不禮貌的行為。

另一方面，每次總是必須抱著恐懼的心情，和他人握手問好，也是一件很痛苦的事，所以建議各位，不妨將你的手包紮起來，假裝受傷，無法與人握手，只須點頭致意卽可。

此外，發明握手的禮節者，也為男士們帶來一大福音。因為此禮節，男士們得以大大方方地握著女士們的玉手。若處於古代，稍微碰到女性的手，就是非禮了。

我有一位朋友，曾有一則握手奇事……。

「握握手吧！」他如小孩要求母親般地對她說著。對方顯然是個現代女性，大方地伸出手來。而他卻出其不意地將她的手拿至嘴邊，又出乎意料之外地吻了他自己的手示意。正當我被他的行爲搞糊塗時，他解釋地說：

「初見面時，以此方法可以試探對方，是否對你有所好感。通常，當男方要求時，女方是否樂意伸出手來及她與你用手的力量大小，爲試驗的第一步驟。

再者，當男方把女方的手拿至嘴巴時，她是否說『不要』而立即收回，或隨你的意願而默默接受，這是試驗的第二步驟。

最後，當你未吻對方的手，卻出其不意地吻自己的手時，對方一定會說：『你眞沒禮貌！』此時，你就必須注意她臉上的表情是生氣？嬌嗔？或不在意？」

經過這一再地試探後，我的朋友發現對方對他有好感，就進一步地說：「讓我們的臉彼此愛撫吧！」他再度如小孩要求母親般地說著。這是接受後，更親密的發展。

黴菌如果眞是經由握手傳染的話，那當中一定也含有「風流的黴菌」！總之，它的功過很難衡量。

集物的習慣

一般人收集的物品有郵票、車票、入場劵、火柴盒、硬幣、鈔票、酒瓶、茶壺……等等。

此外，也有一些比較特殊的收集特例，例如腰帶！有些男士喜歡把自己與女友親密的程度以符號代替，刻於腰帶上，作爲紀念。也有人喜歡收集女性的陰毛，他們收集這些東西的方法大都透過旅館浴室清潔工，請她們在放掉浴缸的廢水前先行過濾，再收集而得陰毛。

另有一種更特殊的收集習慣，他們專門收集女性隨身攜帶的衞生紙。把這些收集於剪貼簿上，在紙旁寫上日期、地名及對方的姓名。根據他們的經驗，按女性們不同的職業、身份，她們所使用的紙質也會有所差異。

收集以上物品者，大都爲男性，女性們比較喜歡收集裝飾品或與實際利益有關的物品。我曾經聽一位喜歡收集手鐲的女性，說她從鄉下初達城市所發生的一段故事……。當時她遇到一名男子，十分鐘愛她並對她說：

「妳喜歡什麼，儘管告訴我，我買來送妳！」

「眞的嗎？我希望一只手錶！」

她已獻身給那名男子，天眞地幻想他一定會娶她，並送她一切所喜歡的物品，未料，他並未如她所願地買來手錶，卻送她一個價格低廉的手鐲並說：

「妳要那麼多手錶幹什麼？既然要裝飾手腕，手鐲比手錶漂亮多了！」

她是個鄉下小女孩，也不便說「我沒有錶，所以……」更不敢把沒有戴任何手錶的手給男友看，惟恐他鄙視她，誤以爲她愛慕虛榮。

於是，她的初戀在預期中破裂了，她也辭去工廠的工作，轉爲女服務生——這似乎是從鄉下來的女孩常會發生的故事。

不過，初戀總叫人難以忘懷，多半遇過此事的女孩，一看到手鐲，就會想起初戀的男友，於是逐漸興起收集手鐲的風氣，也成爲她們的話題。例如以下一個故事……。

「妳看過這麼漂亮的手鐲嗎？」一名尋芳客拿著一只鑲著大寶石的手鐲給一名女服務生看。

「如果妳喜歡的話，我可以送妳，但是妳明天晚上必須來陪我，好不好？」

女服務生睜大眼睛，半天說不出話來，連忙答應。也許她第一次獻給別人的代價就是一只手鐲，因而她別有一番滋味在心頭。

於是第二天晚上，她按照對方給她的時間、地點如期赴約，結果，在那裏等她的不是那名尋芳客，卻是一名刑警。而手鐲上的寶石也是贋品，裡面裝著嗎啡。

原來她被利用成爲傳遞毒品的人員，於是，最後戴在她手上的不是手鐲，而是手銬。

玩樂的策略

「如何才能征服男人呢？」

「女人不是經常征服男人嗎？這還用問嗎？」

「不！我眞的愛上他了！」

「愛？妳們也懂得愛嗎？」

「我都已經這麼老了，才眞正懂得愛，確實有些難爲情！」她一本正經地說著，並告訴我她今年二十七歲，又繼續說：「當我第一次看到他時，就認爲他是我所喜歡的類型，和他深談後，更使我爲他著迷。他很喜歡喝酒，但從不過量，風度良好，從不曾說過不正經的話，對人態度和藹，顯得很有知識的樣子，每次送我回家後，只道一句『晚安』就走了。

有時候我頗具暗示性地請他入坐，他都婉拒了，他這種仁人君子的作風，使我更喜歡他。」

那位酒家女回憶似地說著。

依此情形看來，顯然是個高級的騙人勾當，因此更能吸引那些妓女們……隨後我也仔細地聽她說：

「他問我喜不喜歡看佛像，想邀我一起到泰國參觀美術品，特別强調須要『兩、三天』的時間……」

從這些描述中可見此人經驗豐富，避開本意不提，反而讓人覺得他是個懂得藝術欣賞的高級

知識份子。而且他特別强調「兩、三天」，既沒有流露風流之意，還能暗傳含意。因此這位女性也已了解他的意思，於是說：

「我們在附近觀賞即可，最好能當天回來。」

那位男士默默不答……。後來，我忍不住問她。

「如果妳答應和他一起去，不就可以如妳所願了嗎？」

「但我不願讓對方認為我是個不正經的女孩。」

「其實對方正等著妳來破除這份拘泥，完成他的心願呢！」

「哦！眞的嗎？」她仍舊半信半疑。

許多男士如果喜歡上酒家女時，通常以此方法引她上勾，假使他和一般的尋芳客一樣直接要求，反而會使對方產生憎惡感，但如果他以另一種形象出現的話，女人會為他的態度迷惑，而失去冷靜判斷的能力。這件事說起來很奇妙，男人如貓，女人如鼠，有時貓會故意玩弄鼠。

真真假假、假假真真

我出生於北部，結婚後長住於南部，但每月至少北上一次……。因而常有朋友問我南北女孩，那邊較好？其實各有千秋，很難下定論！但如果比較的對象是妓女的話，情況就大不相同了，大致說來，和北部的妓女在一起時，比較不會有受騙的感覺。因爲她們常會眞實地表達她們的好惡，例如：

「妳的身材眞棒，我可以天天來找妳嗎？」

「可是你並不是我所喜歡的類型。」

「可是人總會爲情所動吧！」

「那當然，因爲我也是人，當然有此可能。」

「好！那我會慢慢地讓妳喜歡我。」

「可能嗎？」

此後，我果眞天天捧她的場，讓她知道我的誠意，儘量找機會拉近彼此的關係。可是，她依舊不喜歡我，所有的努力徒勞無功，但我也不會怪她，因爲她事先已聲明過，我並非她所喜歡的類型。我只能埋怨自己魅力不夠了。

但如果你身在南部，情形就不大相同了，她們非但不直接表示本身的好惡，而且儘量地討好客人，致使有些客人自以爲是地認爲對方已愛上他，其實仔細想想，那只是她的職業用語。所以若你原先想得太天眞時，事後難免有受騙的感覺，深覺懊惱。有一次我把這件事告訴南部的妓女，詢問她們的感覺時，她告訴我：

「這不能怪我們，要怪也只能怪客人，如果我們眞實地表達我們的好惡後，大概都不會有人再要我們作陪了，那樣必定直接影響我們的收入，致使很多女人不敢直接表示自己的好惡。」

經她這麼一說，我才知道原來她們有這些苦衷。隨後，我又發現了一種情形，凡是從南部轉來北部的妓女，也會隨俗地直接表達自己的好惡，可見問題在於尋芳客的風度好壞。

利用傳聞

「A先生的性器好大，當他洗澡時，坐在椅子上，從背後看來好像椅子有三隻腳一樣。」B先生和大家在酒廊裡大開A先生的玩笑，A先生也在場，除了有些不好意思外，並無異議，畢竟被人形容大總比小好。

「哇！眞的嗎？」

「眞希望有機會能瞧瞧！」

……看著那些吵鬧的妓女，他只能苦笑。後來，因爲B先生時常到風月場所，所以這件事很快地就傳遍各地，尤其是那些風月場所。結果產生了一種不可思議的現象，他因而備受女性的歡迎，儘管他既無財又無才，充分缺乏爲妓女們喜歡的條件，但是經常有人對他提出「一夜風流」的要求，卻不收費。一般男人對此總是求之不得，但A先生卻一直遲疑猶豫不敢答應。一方面因爲他的性器並沒有傳說中的大；另一方面，如果一再答應對方的要求，他的身體會支持不了。

但我一直認爲這是個不可多得的機會，況且他還年輕，因而鼓勵他：「你不必猶豫了，就只有一次，答應她吧！或許你的性器並沒有傳說中的大，但這些話並非出自你的口，也不能怪你，況且等她們發現，也是事後了，對你並無任何損失！」

從此以後！他才開朗地接受對方的要求，享受了許多令人羡慕的豔福。事後，我總會好奇地問女方：

「他如何？」

結果，從沒有人表示失望過，想必A先生果然精力過人。也由此可見，女性的好奇心比男性强，如果能利用傳聞，引發她們的好奇心，必能享受豔福。

●酒　家

▨中古時代的歐洲，並無酒家、旅館、飯店等區別，就和中國的客棧一樣，除了供應飯食，仍能住宿。

後來，十三世紀後，人們的生活習慣稍有更動，鬧區內的酒家如雨後春筍，這是它的來源。

▨到了十九世紀後半期，喝酒的地方稱爲酒家，另有一種藝術酒廊，專供一些高級知識份子遊玩。於是逐漸加入歌舞表演。

▨現在的酒家大都採「叫名」制，尋芳客可以直接要求自己喜歡的酒女作陪。但如果男性不想花寃枉錢，可以在叫名第三次時，要求她「場外作陪」，如果她執意不肯，下一次再光臨時，就可以另叫一名小姐，同樣在第三次時要求她。不過，一般的酒女都會在第三次時答應作陪。

●敲門

▨歐洲人敲門的次數通常爲四次，因爲如果只敲兩次，人家會誤以爲你是乞丐，並且不會爲你開門。

●髮際

▨據傳說，女性髮際的形狀與她的私處相同。曾有一名女服務生自己查證，發現傳說屬實。

▨由髮際的形狀也可以得知女性的個性。例如：呈正三角形者，屬於精明能幹型，男人大都受制於她，且處事積極，身材呈瘦削型，生性較浮。

倒三角形——百分之七十的女性屬於這種類型，此類型的女性生性較爲消極，但勤於家事，是位賢妻良母。

V字形——這類女性生性理智，但有些歇斯底里，陰毛較多、外向、比較輕浮，個性自由奔放，容易迷惑男性。

●情　夫

▨與有夫之婦交往且有越軌行爲者，稱爲她的情夫。

▨在古代的刑罰中，凡是被捉到者，男方必須接受閹割，女方則須縫住私處，永不能再行人道。

另有一個朝代，刑罰更嚴厲，凡是被捉到，查證屬實者，都必須處死刑。至於與老闆的

妻子私通時，則必須先遊行街上，再處死罪；或與養女、親生女發生關係時，則一律判刑。

▨也有一些人，爲免除死罪，私下傾盡家產和解。

▨妻子紅杏出牆時，一般人稱她的丈夫爲郭公鳥，因爲那種鳥常孵不同的鳥所下的蛋。

●自制

▨自制有兩個含義，一爲行房時的忍耐，另爲行房時克制延長做愛的時間。

▨妓女們一夜間通常須要接待許多客人，爲了保持身體健康，她們學會了「自制」，自制的方法通常是看著天花板，轉移自己的情緒，或把天花板當作棋盤，在上面跳棋，總之，儘量壓制自己的情慾。

有些嫖客形容這類妓女是石頭，而他們自己的行爲就如同抱石頭一樣毫無感覺。而站在妓女的立場來說，如果她們對每個客人都發情的話，身體絕對支持不了！因此不得不自制，她們偶而也會使用此法來對付自己不歡迎的客人。

所以，嫖客們遇到這類妓女時，就會有一種間接被拒絕的感覺，有些嫖客硬是不信邪，就會使盡本事，引誘妓女們發出情慾。不夠，這也必須具有高度技巧才能成功，如果妓女們臣服於他的技巧時，事後總會懊惱不已！

■有些脾氣比較暴躁的嫖客根本不吃「抱石頭」這一套，所以妓女們爲了滿足他們，只好假裝已達到高潮來引誘他們提早射精。換句話說，要達到「自制」的效率也必須使盡各種辦法。

■以下介紹阿拉伯的「自制法」。因爲阿拉伯的婦女大都患有冷感症，在二十分鐘內完事，根本無法滿足她們的慾望，因此，阿拉伯的男性們大都將合歡草調合牛奶後，塗於脚底，此具有抑制興奮的作用，可以延長做愛的時間。

■要達到「自制」的目的，最主要的必須避免肌肉的緊張，大都數的男性遇到處女時，比較不易達成目的，主要原因在於他們對對方的期望過高！

印度教的男教徒們時常在做愛中吃雪糕、嚼檳榔、口香糖或抽香煙來穩定心情，避免過度興奮。因爲印度的女性大都患有冷感症，如果男方不能緩和情緒，雙方無法配合，就很難達到高潮。

第五章 工作娛樂

今日訓

「最適於任何人的工作，就是不屬於任何人的工作……但最可悲的是無法拒絕！」曾有一位秘書小姐這樣發表她的心聲。又如：

「小英！妳今天晚上有空嗎？這是個相當重要的客戶，董事長希望妳能參加，而且那個客戶很喜歡妳……。應酬完了後，只要再花點時間『加班』即可！這是一件很簡單的工作，就是……相信妳可以勝任！」

避免成為別人的「同穴兄弟」

前面說過「同穴兄弟」意指兩人先後與同一名女子發生性關係，先發生者爲「兄」，後者爲「弟」。

「哈！你成了我的『弟弟』了。」C先生很得意地看著我。我在驚訝之餘才想起昨夜他爲我介紹的那名妓女。

「哦！那你已經先和她……」

「是的！我早已和那位小姐親密過了。」

「嗯～～～～」我十分不悅地回答。

當時心情又悔又氣，絕非一般的男性所能體會。

C先生平日在公司頗得女性們的好感，可以說是公司的焦點，但看他時常面帶微笑地工作，態度也很和氣，怎會有這種心態呢？十分費解。

而且更有人傳說他也曾經當過他人的「弟弟」，我總覺得這件事很複雜，或許是公司的男同事嫉妒他，才散播這個謠言。

後來，由於我這種了解的態度，C先生心中感動，才對我說：

「很抱歉，我絕非惡意，事情之所以會這樣，也有一段故事。」他一邊道歉，一邊道出原因……。

「我初來公司不久，就被派駐外地，由於那個地方離溫泉區很近，且經由經驗豐富的D先生介紹，認識了十名妓女。當時，由於我正當精力旺盛的年紀，自然不願放棄這個機會。D先生也教了我許多技巧，因而每天與不同的妓女玩樂，根據他的教導，我也得到了最大的滿足。

但是後來我和D先生在工作上意見不合，他就常以下列的話來諷刺、取笑我。例如：

『當時呼吸急促、興奮過度的人，也常喜歡小題大作。』

『有些人總喜歡像小孩一樣依偎在女人的胸部，沒想到說話也和嬰兒一樣幼稚。』

『你神經有問題啊！早上上班前還做了兩次！這會影響工作效率喔！……』等等。

原來，那些妓女都是他接觸過的，我變成他的『弟弟』，他也時常去詢問那些妓女，我和他們做愛的情形，因此把這些當作笑柄，到處宣傳，讓我下不了台，更無法反駁他！」

從那件事發生以後，C先生有了報復的心態，希望公司裏的男同事，或他的朋友皆成爲他的「弟弟」。

他停頓了一下又繼續語重心長的說：「很多女人外表看來雖然含蓄，但慾望不比男人弱，所以她們大都來者不拒，也不會告訴你她曾有過的經驗，男士們只好自己小心，千萬不要成爲別人的『弟弟』，那種滋味很難挨！」

職業習慣

每個人由於生活環境的不同，都會有不同的習慣。我有不少朋友，其中有些人具有不可思議的怪習慣，這些習慣有些是與生俱來，有些則是後天環境造成。以下介紹他們的習慣，乍聽之下，實在令人難以相信，但卻屬事實。

一般如果看到對方脖子上掛著計時錶，就可以確定他是電視台的導播。

我有一個朋友就是擔任這項職務，也由於工作上的需求，使他養成對計時錶的依賴性，如果不把他戴在身上，就會了無情趣，影響工作效率。

尤其若沒有聽到計時錶的嘀嗒聲，心情就會浮躁、不穩定，導致最後連吃飯、上厠所都必須戴在身上。

後來，他認識了一位女友，但只是爲滿足彼此的性要求，並不是結婚的對象。有一天……

「拿開！那種嘀嗒聲好刺耳！」

由於女友的要求，他只好拿走計時錶。結果，正當彼此交換愛情，將臨高潮時，他卻無法再做愛。

沒有嘀嗒聲陪伴著，就如同與一名昨天或今天剛認識的女友做愛般，令她感到不自在。最後，他的女友也搞不清楚是男朋友重要，還是計時錶重要，總之，有計時錶時，彼此都可以得到滿足。

有一天，他不愼遺失了計時錶，由於它屬於公司，必須賠償，正巧他經濟拮据，更糟糕的是當晚已與女友約好時間。

「我先墊錢，你趕快去買吧！」女方得知後，馬上這麼告訴他。因爲她知道一旦沒有計時錶，他就無法順利完事了。

從此以後，他提到這個弱點，每當缺錢用時，就佯裝計時錶遺失，養成另一種「怪習慣」。

如何緩和上班期間的不安情緒

一般的公司都很自由，准許員工們抽煙、喝茶、喝果汁等，卻不准在上班期間喝酒。

但當心情不好時，如果能小酌一杯，不但能緩和情緒，並能提高工作效率。如果你的酒量很不錯，那我可以提供你一個辦法。

將白蘭地或火酒調入蕃茄汁中，看起來就和蕃茄汁一樣，而且火酒本身無味、無色，卽使有人查詢，也不會發現。

不過，有時候或許會有女同事想與你分享，因爲蕃茄汁可以美容，這時候你就必須這麼說：「當然可以，可是這一杯摻雜剛才我沒喝完的半杯，恐怕對妳不太禮貌。」這時，女同事大都不會再堅持了，但如果她覺得無所謂時，你就可以無所謂地請她喝，因爲這表示她對你有好感。

假使你不喜歡喝蕃茄汁，就可以改用橘子汁與火酒調配，總之，你不須在市面上買，自己調配卽可，而且同事會以爲你在喝果汁。

或者，你可以自言自語地說：「我最近不知道怎麼搞的，喉嚨很乾，不喝點橘子汁不行。」但絕不可以讓別人喝，否則就會露出馬脚，如果有些同事想和你分享時，你可以說：「這是我用來治病的。」

喝完酒後，體力可以產生一股熱氣，促進血液循環，提高工作效率，消除心中的鬱悶，彼時，世界在你眼中猶如天堂般。

不過，不可過量，否則當你發昏，胡亂對每個女同事微笑說話時，就會被人發現了。

此外，這類的酒可以用來欺騙女性。忠告各位男士，千萬不可做這種敗德的事。

促成良緣

王先生時常故意在女同事面前說髒話。尤其是午飯時間，如果他看到蛋黃溶化在湯內，而麵條沈在下面時就會故意大聲地說：

「啊！便壺裡有好多廻蟲，這怎麼吃呢？」

或看到同事吃餛飩時就說：

「好像是厠所裡的『米田共』！」

因此在午餐時間，女同事們一看到他便急忙帶著食物走開，以免影響食慾，而他這種惡作劇的習慣卻一直沒有改。

另外，他也很喜歡說黃色笑話，就和午餐時間說髒話一樣，他總喜歡看到女同事尷尬的表情。不過，他講黃色笑話時會選擇地點、時間、對象。通常利用公司團體旅行，很多人聚在一起或一起吃午餐時。

據說，他與太太結合的原因也與黃色笑話有關。他們二人原本一起在某學院求學。有一天夜裡，兩人相約一起吃宵夜、喝威士忌。當彼此已稍有醉意時，突然大談色情文學，女方也引誘她說：「我家有不少『愛的故事』，你要不要看。」

她所謂的「愛的故事」是一本圖解介紹四十八種做愛方法的書。

經女方這麼一提，王先生心中開始有了遐思，兩人便一起在旅社裡完成了「愛的故事」，因此他們在學生時代就結婚了。

然而，他到公司已經七年，結婚期却有十年，已進入屬於第二期的倦怠期。總之，世界上絕無不風流的男人。

一般來講，如果直接在女人面前說黃色笑話，她們會臉紅而不願意聽。但也有例外，例如我們公司財務課一名女職員，年屆二八，已超過適婚年齡，特別喜歡聽王先生講黃色笑話，因此王先生總認爲她對他頗有好感，等待機會拉近兩人的關係。

終於公司舉辦員工慰勞旅行，就在聚集的人群當中，大談黃色笑話，剛開始他看到那位女職員也在場，更洋洋得意發表，未料，等他講完後，才發現她不見了，於是一個人失望地在外面散步。正好看到她與另外一位男同事相偕走入旅社。王先生一直有被利用的感覺，而他們則在那年的秋天舉行了婚禮。

長久工作後，須要好好的休息，才能恢復疲勞，並繼續工作，否則由於過度緊張，反而會導致精神障礙。

假若在上班休息時間瘋言瘋語，人格會受到懷疑，但是如果能巧妙地應用一些商業術語，暗示一些趣事，反而可以使氣氛更加和諧。例如：

①流通體系——影射婚後三年仍沒有孩子的情形，以前的女人幾乎只被視爲生孩子的機器，卽使她深愛丈夫，情形也是一樣。

當今也有因不能生育而失去王妃地位的人。

而所謂的流通體系，就是指容易流產的女性，必須收養孩子，此種家族性的體質，稱之。

②效率——通常指成功的百分比，不過，一向沒有定案，必須視機器或工廠設備的好壞而定。

例如：隔壁住了一個老太婆時，就無法完全發揮機器的性能了。此外，如果機器性能良好，但是操作者因過度勞累，沒有適當的休息時，效率也會減低。

③一貫作業——意卽企業結合及生產結合。

公司內通常部門與部門之間可以互相補充，例如A部門產量過剩時，就會分給產量不足的B部門，以平衡生產力。但是互相補充後，必須經過十個月才能完成製品，有時候八、九個月就可以產生，但產品較差，必須再經過特殊的加工製造，才能送到市面上。

④Call（短期融資）——此被應用於銀行之間的票據交換，卽「短期貸款」。因爲這是屬於短期，所以，千萬不能誤以爲屬於你的，必須發揮最大的價值，滿足自己的慾望。

英國的明星克里斯汀及美國議員的秘書也曾因「短期融資」而引起政治問題。

「Call girl」可能也是經由這個字演變。

如以上所舉的雙關語，這是最好的頭腦體操，也可以當作同事間幽默的諳語，有效地使用，可以緩和工作情緒，提高效率，增進說話的技巧。

備有藥物的男子

「什麼?!你肚子痛!去找A先生吧!他一定有藥。」

「你胃痛啊!A，你有沒有胃藥?」

公司的A先生是個出名的嗜藥者，每當有新的藥品問世時，他就會馬上去買。我們都形容他是「實驗白鼠」。

有一次，市面上出現一種除臭氣的胃腸藥，他也買來服用，結果：「早上上廁所時，排泄物竟然沒有臭味，而且本來是黃色，吃了藥後卻變成綠色。」

大家都知道他是個十分奇妙的人，而且由於藥物衆多，也時常害苦了公司裡的同事。

有一次……

「課長！我買了一種很珍貴的藥喔！只要你在『開始』前二十分鐘喝下，效果奇佳，可以維持到天亮。」他煞有其事地說得課長睜大眼睛，因爲課長最近體力衰弱，正爲他的性生活悲觀，因此就迫不及待地服用A先生所介紹的藥方。結果找不到對象發洩，精力又過於旺盛，整夜難眠，瞪大眼睛直望著天花板。

另有一件妙聞。A先生曾經愛上一位咖啡店的女店員，他每天都去捧場，卻仍舊得不到她的青睞。

「你把她邀出來，讓她喝含有安眠藥成份的酒，不就可以如願了嗎？你一定有這種藥吧！」曾有人這樣勸他。他雖然心地善良，不願意做這種缺德的事，但心中確實很喜歡她，只好依計行事。於是，當天晚上等到打烊後，才約她一起吃點心。

「我只有一個小時的時間，太晚回去，老闆會不高興的。」心地善良的A先生，經她這麼一說，心中不安，又操之過急，就匆匆忙忙地把安眠藥放入啤酒內。未料……

「啤酒內怎麼會有藥粉呢？」女方疑惑地看著他。

他慌慌張張地陪笑著，竟自己喝完，不久後，就昏睡在酒吧裡了。後來，出奇地那女孩竟大發慈悲地把他帶回公寓，或許是緣份的關係吧！

自從那次以後，他們逐漸培養了感情，也有了進一步的關係，相信不久便可以收到他們的喜帖了。

●電　話

▨大戰前，公共電話都是間接由電訊局接通，當接線生接通時，就會告訴打電話的人：「出來了，請投進去吧！」而她們的聲音大都很溫柔，尤其在深夜時，有些男士們聽到這句話不兗想入非非。

▨曾經有一名男士在打電話中，與一名總機小姐搭訕，由於她的聲音十分美妙，深深迷惑了這位男士，煞費一番功夫，才把她邀出來。但見面後，出乎想像地，她竟是一位其貌不揚的女子。因此奉勸各位男士們，千萬不要輕舉妄動。

▨生性比較含蓄的男性，可以利用電話，將自己的情意傳給對方，如果你不好意思以第一人稱自稱，可以假借第三者，例如：

「我是×××的朋友，他很喜歡妳，因爲生性含蓄，不敢告訴妳，我覺得他……」如此一來，便可以完全將自己的情意傳知對方，甚至試探對方你的感情。

●領帶

▨有些美國的企業大老闆，在股票交易得勝後，當天所戴的領帶就成了寵物，代表祥瑞。

▨曾有人迷信，如果在婚前接受女友所送的領帶，表示已受約束，因此，婚後必定受其控制。

但另一方面，如果你想充分了解對方的個性，可以從她送你的領帶款式中看出。也有人認爲長久佩帶自己買的領帶者，表示不受女孩子的歡迎。

●咖啡

▨有些人喝咖啡喝上癮後，不喝時總覺得全身軟弱無力，其實如果過量了，就會中了咖啡因。

▨喝咖啡的風氣來自伊士蘭敎，因爲他們禁酒、禁煙，所以由咖啡代替。適量的咖啡可以使腦筋更清醒，消除睡意，因此，當有人想熬夜時，通常會藉咖啡來提神。

更有些男士們希望藉由咖啡使自己更興奮，不料，因興奮的程度過高，反而礙事。

●梯子

▨東方人曾經迷信，當你走過吊有梯子的樹下時，必遭橫禍，因爲那是以前的人爲了處理死罪的人所設。他們通常把梯子吊於兩棵樹中，在第七階處懸繩。

而被處刑的犯人往往死不瞑目，孤魂久久不去，等待有人從樹下走過時，就將他捉去當作替死鬼。

美國人也有類似的迷信，他們傳說走過樓梯下時，必受神的處罰。萬一不慎走過時，就必須立刻停下來祈禱，或作個手勢，他們相信這樣神就會幫助那個人渡過難關了。而手勢的作法是將拇指插入食指及中指間，這種手勢對那些想入非非的人而言，等於是表示做愛時的情形。

■以前的風月場所很重視梯子的作用，他們十分忌諱在梯子中間停下腳步。妓女們通常將手帕摺成舌頭形狀，當嫖客要上樓前，就必須將它一起帶上去。

●啤　酒

■製作啤酒不可缺的酒花內含有促進卵巢賀爾蒙的成分，以前當女性月經來潮過量時，可服用這種藥草來調節，使之適量。因此啤酒亦含有調經的功能，難怪愈來愈多的女性喜歡喝啤酒。

■一瓶啤酒內大概含有三十單位的女性賀爾蒙，究竟每單位的威力如何呢？每一單位相當於促進雞發情的最低限度。女性賀爾蒙可以排除血液中的廢物，保持青春氣息，對女性具相當大的影響力。

■大都數的人傳說，喝啤酒容易發胖，其實致因並非啤酒，而是因爲啤酒內所含的成分可以刺激胃酸分泌，所以在喝啤酒前後所吃的

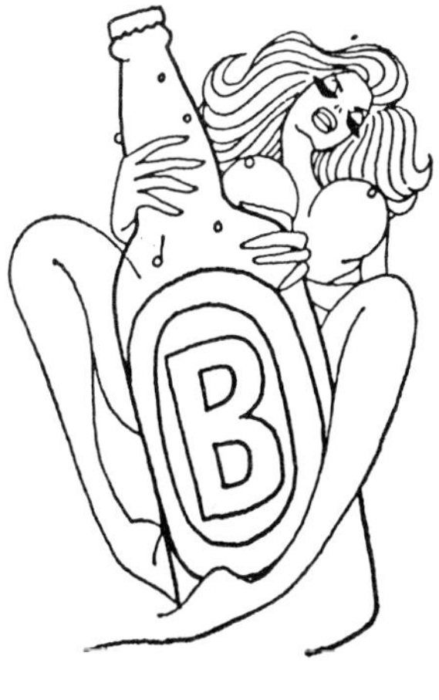

食物營養完全被吸收，而導致人們發胖。

■以前，歐洲的啤酒都是由女人來釀造，將此視爲女性基本的才能，有了這項手藝才能爲人婦。但是現在全部改由男性負責製造，最主要的原因是男性發現它的經濟利益。

■德國人很重視啤酒，他們有一句諺語：

「二十歲時身體不强壯，三十歲時不勇敢，四十歲時不聰明，五十歲時不富足者，就是白喝了啤酒。」

■喝啤酒後行房，會因多尿感而減低興奮度，情形和看天花板的妓女相同。因此，有些男士們故意使用它來緩和興奮的情緒。

●汗衫

■在英國及法國都將汗衫又名「肉袋」，因爲它穿在裡面，好像包著肉的袋子一樣。

英國人又稱之爲跳蚤袋，因爲它如果不天天換洗，就會變得很髒，甚至變成跳蚤的溫床。

「屁股與汗衫」這句話在法國表示非常親密的關係，意卽汗衫的長度足以蓋住屁股。在法國的影片上也經常可以看到長至膝蓋的汗衫型睡衣。

●老虎

▨有些地區將喝得爛醉的人形容爲虎。

關於此點，傳說紛云。有些人畫技不佳時，總會畫虎不成反成貓，因此，他們爲了表示其爲虎非貓，通常會在虎圖上添加竹作爲背景。換句話說，竹與虎有著密切的關係，又因中國名酒「竹葉青」之名，所以有人會意地把喝得爛醉的人形容爲虎。

此外，在十二支中，寅時（清晨四～六點）爲喝得爛醉者的極限，如果從前日傍晚開始喝，那這個人一定是海量，而且天不怕、地不怕，當他醉酒歸來時，往往會醉倒在街上，四脚趴著，形如臥虎。

▨虎鬚不只表示威嚴，也表示愛情。一般而言，老虎各有地盤，平時不管是誰，都不可越雷池一步。

但是一到了發情期，母老虎就是個例外了，她通常會興奮地急促喘息，仰臥著、四肢張開，儘管如此，公虎也不敢貿然向前，因爲母老虎一向任性，在尚且不知她是否願意接受前行事，可能會引起她的不悅。

當兩者經一番妥協，意氣投合時，便彼此先行摩擦虎鬚，意同人們的接吻，再進行親密的關係。完畢後，當公虎站起來時，必須煞費技巧。

首先必須先吼叫一聲，再迅速離開，否則，仍在興奮中的母老虎會咬住公虎的頭部不放，甚至胡亂抓，一不小心必定會造成嚴重的傷害。

■中國有一種名酒，叫做「虎骨酒」，這是出名的强精酒，但是如果飲用過量，後果亦不堪設想。

●青春痘

■正值長青春痘期的女性，賀爾蒙爲一般人的兩倍。

■少女長第一顆青春痘時，就會有一種成熟感，她那種含蓄、難爲情的模樣兒，最能惹人憐愛。而長青春痘也表示她已能接受異性。

■當精力已漸衰微的人又發現臉上長有青春痘時，他會異常興奮，因爲這表示他仍具有性衝勁。

●眼鏡

■如果有人對你說：「讓我來爲你（妳）治療青春痘吧！」表示他有意與你做愛。

▨有時候妓女們會向戴眼鏡的嫖客要求：「把你的眼鏡借我戴吧！」這時候男方通常不肯，因爲對他們而言，拿下眼鏡以後的樣子與戴著眼鏡時不太相同，除非是做愛的時候，否則他們很少拿下眼鏡，因此，如果女方知道男方拿下眼鏡後的模樣時，表示他們的關係已非比尋常。

▨此外，近視度數較高的嫖客們通常會答應將眼鏡借給妓女們戴，因爲他們別具用心。當妓女們戴上這副眼鏡時，由於度數過高，往往會造成頭暈、看不清楚的現象，而這些嫖客們就可以利用這個機會對妓女們毛手毛腳。

●打卡員（Key puncher）

▨打卡員平均每秒鐘必須打五、六個洞，所以手脚都訓練十分靈活，如果男士們能由這類的小姐服務，滋味一定相當不錯。

但是如果你娶做這種工作的小姐爲妻，則必須有相當强壯的身體，否則她一秒鐘可以打五、六個洞，而你一夜只能爲她「打一、兩次洞」，她是不會滿足的。

這類女孩性慾很强，卽使她不要求你一夜一定要打五、六個洞，但是經常會徹夜糾纏，使你無法安眠，如果沒有相當强壯的身體，健康一定會大損。

▨Key puncher 中的「Key 」，根據字義有鑰匙、勾形徽章、關卡、琴鍵等意。另一諳語是表示男性的性器。

至於Puncher，則有打孔、打洞、打卡的意思。

Key puncher 聯合的含意則爲「拿著鑰匙開洞」，這本來應該是「男性」的本能，但實際生活上，打卡員大都爲女性，這是個很有趣的現象。

■若指琴鍵時，則依按鍵的力氣大小，就可以產生不同的音色，若指人的性行爲時也一樣，女性爲樂器，男方爲彈奏者，是否能發出美妙的樂聲，就要看彈奏者的本事了。

第六章 家庭趣談

今日訓

「家是個最好的避風港！」

如果你擁有一個美麗的太太，仍舊在外風流時，一般人都會責怪你行爲不當。其實，漂亮的女人往往比較遲鈍，最重要的是在性生活方面，她往往無法使丈夫滿足，偏偏又喜歡誇耀自己的美麗，時常逼得丈夫在外另尋對象訴苦。

有時候他們甚至以「因爲她們除了一張漂亮的臉外，別無優點，所以才時常誇耀自己的美」來形容他們的太太，或者認爲「家只是個危險時的避風港，不是享樂的地方！」

風流的技巧

世界有一種十分懂得風流技巧的男人，他們經常利用醫學來掩飾風流的事。例如：有一位先生家庭富裕，給予他太太充足的物質生活，但他的太太卻仍舊終日以淚洗面，原來是精神上受到無比的虐待。她常對先生說：

「我已經盡力配合你了，你爲什麼仍無法滿足……。」

「嗯……我知道自己很對不起妳，可是我的性慾實在太强了，也許只有開刀才能解決這件事吧！」

太太一聽先生願意爲了自己而接受手術時，心裏十分感動，更加珍愛她的先生。

開刀當天，這位太太也陪她的先生一起進手術室。她的先生告訴醫生說：

「我已經和我太太商量過了，決定開刀。」

醫生聽了以後，覺得這是一件大事，忍不住又愼重地問他的太太：

「這位太太，妳眞的同意嗎？開刀以後就無法再生育了喔！」

這位太太心裏雖然也覺得不太妥當，但目前已育有一男一女，即使不能生育也無關緊要，因此，她堅持同意。

手術在太太的陪同下，很快地完成了，她從此十分放心，因爲她已「發現」了手術後的效果，以往先生在一週內會向她要求兩、三次，但現在則每十天一次，雖然無法滿足她的性生活，但只要先生不再風流，對她而言就是莫大的安慰了。

但事實上，他風流如昔，只是方法更巧妙罷了！此外，以前也曾因爲和她人發生關係，對方懷孕後，要求贍養費的情形，現在他也不須要再擔心這件事了。

有些不知情的女子，爲了獲得贍養費，假裝懷孕，向他索求時，反而會被他奚落一頓。「妳說什麼，我已經開刀，不能再生育了，妳怎麼會懷孕呢？不信妳去問醫生。」這位先生從此自鳴得意，心中暗自高興：「眞有意思，太太在我手術後，就不再過問我的一切行爲了。」

原來割除授精管，雖然無法使對方懷孕，但性慾也不曾減退。他就是捉住太太缺乏醫學常識的弱點，所以各位女士們，以後碰到這種情形，應該先請問醫生相關的醫學常識，以免受先生的蒙蔽。

性行為的習慣

在一個劇校的上課期間，老師曾問學生以下的問題：

「假使有一對男女，在公園的椅子上談戀愛時，他們所坐的位置大約是如何？」

結果，百分之八十的學生都回答說「男左女右」，但當老師進一步問他們爲何這麼認爲時，他們說不出個所以然來，反正這是與生俱來的習慣。

因爲男人坐在女人的右邊時，他通常會使用左手搭女方的肩膀，而右手則可以作爲愛撫或防止任何意外發生用。

如果男女的位置與此原則相反時，表示女方比男方主動。而且這種定律在床上時，情形亦同。

我有一個心地善良、憨直的好朋友，他是個船員，經常在香港、新加坡線上服務，一旦出航後，至少要一個月後才會再回來。這段時間內，他的太太必須獨守空閨，然而，在他不在的期間，卻發生了事：

「俗語說：『家醜不可外揚』，但你是我的好朋友，和你說也沒關係……我的太太姿勢改變了……」他向我訴苦似地說著。

「你經常不在家，或許她自己一個人睡慣，有時會搞混了。」我儘量安慰他，可是他仍舊無法釋懷。

「你聽我說，我難得回來一次，當天晚上喝了一杯酒後，就想上床了，但是太太卻睡在右邊，和以前完全相反，隔夜又是同樣的情形。」

換句話說，這種情形表示，在他離家的期間，太太曾爲某人改變了性行爲習慣。

「這件事讓我心裏感到不安，如果只是一時的衝動與人發生曖昧的關係，只要她表示後悔了，我就會原諒她，但是如果她有意紅杏出牆的話，那彼此不如早點分手！」

據他的口氣，事態似乎嚴重。……他又繼續說：

「我希望你能替我問問她，究竟怎麼回事？……」

「這種事應該由當事人自行解決，最好當面談談，如果由第三者介入，反而會使事情更陷入尷尬的場面。」

經過三天後，他神采飛揚地來找我。

「你說得沒錯，我們攤開來講了，果然另有隱情，我現在也不願意再做船員了，我已經申請調到陸地服務，謝謝你的指點。」

事後，他曾偷偷地告訴我，原來與他太太發生曖昧關係的男子慣用左手，這麼說來，如果對方和常人一樣，慣用右手，那他不就永遠被埋在鼓裡了嗎？

太太是先生風流的重要因素

以前的黑社會有一則規定，向人道歉時必須切斷小指，而以前的妓女為了換回已經疏遠的嫖客，也以此方法將小指切斷，並附在信中寄給他。

現在妓女通常只是不斷地打電話催你、糾纏不清。絕不會再有切斷小指的事發生了，可是根據傳說，以前的妓女也有買別人的小指來騙嫖客上當的勾當，總之，切小指是一個苦肉計。

以前我一直認為，缺少小指應該不會有多大的影響，但現在才發現它的功用不可忽略。有一次，我不小心弄傷小指，仔細地包紮後，就儘量避免使用它，可是我必須寫文章，尤其傷口未癒時，稍微用力就會疼痛不已，寫出來的字又歪歪斜斜，令人心情更加急躁不安。

這時候才真正了解小指的重要性，但這只是小指，可見如果受傷的是食指、中指等時，可能連吃飯都不方便。

在我的朋友當中，也曾發生與手指受傷相關的事。A先生曾經說過：

「能在太太全然不知情的情況下風流時，才是眞正的男人！」他經常在外面風流，不喜歡待在家裡，因此我忍不住對他說：

「你乾脆不要結婚，不是更好嗎？……」

「不！就是因爲我身邊有太太，才能自由自在地風流，如果我是個單身漢，就必須每天提心吊膽過日子了，因爲現在的女人比較難纏，一旦與她發生關係後，她就會逼著你結婚、索錢，甚至索命……所以如果我事先告訴她我已經結婚了，就可以避免這種麻煩了。」

他說得也有道理，既可保有家花，又可以享受野花。但後來他包紮著手指，到我家來了。

「運氣眞差，事情全被我太太發現了！」

他竟然還大言不慚地說這種話，實在是個無可救藥的人。未料，他又繼續說：

「我的太太也很過份，她認爲都是我的手指作怪，於是咬破了我的手指。」

「那你既然受傷了，也不能再風流了，就好好休息吧……」

「才不呢！我只要用橡皮套套住受傷的手指上，一樣可以風流的，反而會使對方更興奮。」

沒想到他落到這種下場了，仍不知反省，依然想要出去找樂子，如此看來，他永遠不會拆開包紮了。

囈語

在大戰期間，我因爲感染傷寒，又不願意住在隔離醫院，就自行請求住在海邊的小醫院。當我躺著休息時，那一波波的海浪聲可以使我忘卻病痛，把戰爭拋至腦後。
因爲我當時在一家女性劇團中服務，所以自從我生病後，前來探望我的都是女性。
有一次和護士單獨相處時，她告訴我：
「我很想聽聽你的囈語，可是你卻什麼也沒講，聽說你有很多女朋友，原本以爲你會說出許多與女孩有關的話呢？」
據說，發高燒的人，大部份都會在囈語中說出自己的秘密，當時我正愛上了一名女演員，心裏擔心會在不小心當中說出！但他在住院期間，只來探望我兩次，使我在戰爭、傷寒的壓迫下，又嚐到了失戀的滋味。心裏十分傷心，不過，失戀的痛苦十分短暫，因爲我在護士細心的照顧下，已對她產生感情。
後來，有一天我發高燒醒來後，發現她正坐在我身邊微笑著，從她的神情中我知道，她可能已從我的囈語中聽到了什麼。
以前有一個女服務生，叫做明美，她招呼客人是從不稱呼名字，不管是誰，都以「先生相稱」。我覺得很奇怪，一再追問之下，才知道原來她以前曾當過護士，知道發高燒時往往會在囈語中不小心說出心中的戀人，因此爲了避免這一點，她全部稱他們爲先生，所以當他囈語叫著自己所喜歡的人時，別人也不會知道究竟是那一位。

她還告訴我一個相關的故事。

「不只發高燒的時候會產生這種情形，注射麻醉針後也有可能，曾經有一位得腹膜炎的先生，由他的太太陪同，到醫院接受手術治療。在接受麻醉針注射後，他竟然喃喃囈語地說出自己和情婦做愛的情形，聽了都叫人臉紅，我當然可以假裝沒聽見，可是他的太太也在場，事情終究鬧得不可收拾了。」

由此可知，囈語害人不淺，不過，通常以男性較易受害，女性大都早有防備，所以不會發生這類事件。在一本文學名著「寄給丈夫的信」中曾記載：

「我一律稱他們為『達令』，即使我不小心說溜了嘴，也沒有人知道我指的是那一個。」而男人卻時常說出對方的名字，惹來一場糾紛。

諸如此類，不勝枚舉，所以如果希望在外的風流韻事不致於破壞家庭和諧，就必須早做防備。

保護妻子

一般的男人都不願意在別人面前誇耀太太的優點，相反地，總是巴不得全世界的人都知道她的缺點似的宣傳。例如：

「她根本沒經濟觀念，做事毫無效率，像個老太婆似的。」

「她終日只知道聊天，根本不整理家務。」

「我的太太虛榮心强，總喜歡和別人比較。」

以上的話題是我們常常聽到的，有時候聽衆都不願意聽了，但他仍淘淘不絕地說著太太的缺點，不知道他們抱著那種心理。不過，關於他與太太之間的房事或太太身體上的特徵，他絕對閉口不提。但如果與妓女交往時情形就不太相同了。

「這個人眞討厭，我本來以爲他是個可靠的人，才與他進行親密的關係，沒想到，他卻到處向朋友誇示每個細節，讓我下不了台。」有一位妓女抱怨地說過。一般而言，百分之九十的男性都會將自己與妓女親密的情形宣傳。而其它的男士們也很樂意聆聽這類韻事，諸如對方的身材、特徵、技巧等，或許可作爲日後的參考。

最近也有人發現女性的髮際與私處的形狀相同，我有一個朋友告訴他的情婦後，他的情婦便與三、五同性好友，彼此研究，發現傳言屬實。

她將這個印證告訴我的朋友，他仍舊不信，於是先向太太查證，結果印證屬實，後來，他一有機會就多加印證，經二十位臨床實驗後，他正式向我們報告實驗結果。

從此以後，我們到酒吧喝酒時，就時常醉翁不在意地盯著陪酒的酒女看，最主要的是觀察她們的髮際，之後，我們往往會發出會心的微笑。

不久後，我們這種惡作劇的心態傳入各位親朋好友的耳裡，結果，產生了一種有趣的現象，他們全部讓他們的太太改成瀏海的髮式，藉以遮住髮際，以免旁人知道太太私處的形狀，總之，他們會適時的使用保護政策，表示另一種情意。

如何才能成為稱職的一家之主

C先生經常經驗豐富似地說著：「在可以風流的時機下，反而規規矩矩地行事——是避免太太懷疑的好方法！」他的太太習慣每一個月回娘家一次，通常也一起把小孩帶回去，所以按理來說，當夜C先生應該可以自由如單身漢般，即使在外面風流，也不會讓太太知道。但他卻反而特別提早回家，並打電話給太太：

「妳平安到達了嗎？」

他的太太每次被他的「刻意關心」安撫的服服貼貼。

「我的先生眞關心我，惟恐我在路上發生意外，而且每當我不在時，他反而提早回家，他眞是個好丈夫。」

因此，太太一旦相信他的人格後，便更加愛他，根本不會再懷疑他在外的一切行爲了。致使C先生時常洋洋得意地說：

「反正很簡單，只要一通電話，就可以讓她感動得痛哭流涕，即使我在外通霄達旦地打麻將，我和女友溫存、和朋友喝酒，她也不會起疑心，在外的風流韻事絕不會被她知道。」

我一向對自己的行爲負責，聽到這種事，難免心中一楞，如果是我，絕不會費盡心機地以這種方法來享受另一種人生。

另一個朋友，使用的方法更絕！他是個美男子，談吐很斯文，一向頗受女性的喜歡，所以難免也有不少風流韻事，但他是個很奇特的人，即使面對我這個好朋友，也從來不提這些事。他還曾經睜眼說瞎話：

「卽使你這種視、聽發達的人也看不見我的風流韻事，不是因爲我從來不露馬脚，而是我根本就不風流。」

他家裡開旅館，實際管理業務的是他的太太，而且旅館營業時間都很晚，夫妻兩人根本不可能在十點以前入睡，可是每當我九點多時打電話給他，女服務生總是告訴我他已經入睡了。

因此，讓我覺得他確實很體貼太太，正如他的自白，他根本不曾風流過。但不久前，在偶然的機會裡遇到了接電話的女服務生，我們相約到咖啡店聊天，從女服務生的密告中，我才知道原來他特意交待她，假使晚上有朋友打電話找時，就說不在或在家裡睡覺。雖然他果眞晚上都陪著太太，但風流韻事也可能發生於白天啊！

●新　婚

▩新婚期間，夫妻兩個人不管任何時間都會面帶笑容、保持微笑。

▩有些新婚夫婦情慾激動，即使月經來潮，也不會在意，可見他們朝夕相處、纏綿的情形。但中年的新婚夫妻，蜜月期大概都不如前者歡喜，例如：報紙曾經刋載一則啓事，一對中年的新婚夫妻，男今年四十九歲，女四十三歲。但婚後一週，女方就負氣出走了，究其原因，乃源於性生活無法調合，女方竟然要求一夜必須溫存四次，但男子畢竟已屆中年末期，體力不支，當然無法滿足女方，因而造成一樁失敗的婚姻。

●新　娘

▩在歐美地區，一向認爲新娘如果能在有陽光的日子裡結婚，必定可以過快樂的婚姻生活，因爲太陽對他們而言，是個祥瑞的代表。

▩據歐美地區的風俗，拾獲新娘拋下的花束者，日後必可找到好的配偶，但在解開花束前，必須先爲新娘祈禱。

法國人則不是以花束爲代表，是以漂亮的襪帶代之，拾獲者，在一年之內將會結婚。

■歐洲人盛傳秋天的茄子不可以讓新娘食用，因爲秋天的茄子屬於冷物，食用後將嚴重影響性生活。

■歐洲中古世紀的婚禮中，新娘大多騎馬進行，而騎馬的運動可以使夜裡的性愛更加圓滿。

■歐洲人一向認爲新娘是婚禮中最勞累也是最害羞的人，因爲對她而言，所有的程序都是第一次。

●離婚

■夫妻吵架是難免的事，傳說以前有一對夫妻，先生由於一時的氣憤，言明將與太太離婚，妻子在傷心之餘，拿著包袱正準備離去，先生心生悔意，又不願低頭慰留，於是對太太說：

說：

「妳從後門走，萬一被人瞧見了，多沒面子。」妻子低著頭轉身想從大門離去，不料，他又

「不行！妳從大門口走過，會給我帶來霉運！」

此時太太又惱又恨，不禁罵道：

「那你究竟要我從那裏出去。」

想不到他的回答更妙：「那妳就不要出去了嘛！」

▨回教國家一向對婚姻無所保障，只要先生說一句：「我要和妳離婚！」就立卽見效，女方領了贍養費後，就必須自行謀生，從此不再與他有任何關係。

據說，男方結婚時所準備的費用中，往往已含括一半的贍養費。另一方面，如果是女方提出離婚的要求，則必須經由法院判決，方能生效，而且無法領取贍養費，因此，有些男性居心不良，設計陷害太太，旣可以擺脫她，又可以擁有這些預備的費用。

▨回教國家的一般規定，夫妻離婚後，丈夫擁有兩次機會去請她回去，但其有效限期第一次爲九十天，第二次爲一百三十天，如果在這段時間後，彼此突然想通了，便可以重修舊好。所以，衆人稱之爲冷卻期。

但是如果是第三次時，就比較不容易解決事情了，因爲那時候妻子大都會另覓對象，尤其如

果她找到一個比自己更好的伴侶時，卽使你後悔了，也無法破鏡重圓了。因此，有些男教徒們不得不請一名經濟條件不佳，長相亦平庸的人與她結婚，事後再私下和解，重新舉行結婚儀式。

▨以前有些比較落後的國家，先生若在新婚之夜碰到太太正好月經來潮時，就會滿懷不悅地認爲她破壞情調，而將她休離。其實，依現在的觀點來看，那表示女方仍是一塊完玉，才是眞正屬於自己的。

●看　家

▨以前交通不便，山路阻隔，現在兩、三個小時就可以到達的地方，往往必須花費兩、三天的時間往返，但先生爲了家計，又不得在外如此奔波，此外，因不放心太太自己一個人單獨留在家裡，往往會託付鄰居，妥爲照顧。或是在門口貼張告示，寫著「內有惡犬」，一面防止小偷，一面喝阻風流的男士們勾引妻子。

▨傳說中，曾有一些女子趁丈夫外出經商不在時，做出紅杏出牆的勾當，當丈夫回來後，往往會在囈語中，不小心說出這些秘密。

▨萬一在丈夫長年不在時，卻與情夫發生關係而懷孕，就很難處理了。只因爲黑雕魚可以使孕婦流產，所以當有人送妳黑雕魚時，表示他另有企圖，但若是情夫所送，則表示他是個細心、善解人意的對象。

此外，有些朋友故意惡作劇，平白無故地送妳黑雕魚時，意即諷刺妳有不軌的行爲。例如：「爲了防止被人家發現秘密，妳最好還是趁早把它吃了吧！」

▨有一些生性風流的人，往往自願爲全家外出旅行的朋友看家，如此，他就可以把那裏當作旅社，每天帶女朋友到那裏自由自在地歡樂。

以前報紙曾經刋載，一對同居者，女方在朋友的別墅中被殺害的事件，那就是男方利用看家時所下的毒手。

●沐　浴

▨古今中外都將沐浴與房事聯想在一起，或許是因爲沐浴時，人們總是赤裸裸地，與性行爲時相同，而讓別人產生另一種遐思。因而，古畫中，時常有「美人出浴」的景象。

▨一般人晚間沐浴後，爲了使身、心輕鬆愉快，往往會換上輕便舒適的睡袍，尤其當出浴的美人穿上迷人的睡袍時，更令男性們神魂顚倒了。

●貓 cat

▨「貓的心最冷！」幾乎每個男人都知道這層道理，因爲「貓」指的是妓女，她們所希望的是嫖客的錢，而未曾付出眞感情，但是男士們明知她們的心是冷的，卻仍忍不住願意花錢，去享受那顆冷冷的心，這實在是個很奇怪的現象。

▨英文「貓」——cat也含指「妓女」、「狡猾的女人」、「心地不善良的女人」、「時髦且主動追求男性的女人」或「爵士樂的樂師」。

妓院中有一部份妓女專門勾引山上寺廟裡的和尚，稱之爲「山貓」，不過，現在的「山貓」所針對的對象不僅是山上的和尚，也增加了目的。

▨貓有時候也被形容爲喝得爛醉的人，例如：「醉貓」，cat house 指「妓女院」，因爲到這裏喝酒的人，都會與「貓」發生關係。

▨法國一名小說作家，曾經表示：「在所有的動物中，蒼蠅和貓最懂得打扮。」

貓的習性和女人相同，她們也喜歡花時間在化粧上，用一些粉飾讓自己顯得更漂亮。

貓本屬於野生動物，生性驕蠻，雖然經過人們的飼養，表面上看來十分溫馴，但是把它惹火時，仍舊會給人臉色看。而且它時常存有虐待別人的心理，當它捉到老鼠時，往往先將它咬得半死不活的，再慢慢地玩弄，這種心態和某些女人相同。

■「貓的嬌嗔聲」——當人們輕輕撫摸它時，它會出其意料之外地發出嬌嗔的聲音。日後，嫖客們皆以此來形容故意發出這種聲音的妓女。

「撫貓」意指男人自慰的行爲，「貓眼」意指情緒多變的人。女性們十分鐘愛「貓眼石」，總之，她們與「貓」脫離不了關係。

■根據了解，貓生性較爲冷酷自私，它不懂得回報，認屋不認人，這也許是它們與生俱來的野性所造成的影響，卽使你飼養了它三年，它也可以在三日內把你的情義忘得一乾二淨，當你搬走後，它不會與你一同走，仍會逗留在原來的屋子內。

這種習性和妓女的心態完全相同，妓女們只認她們的妓院，不認嫖客，儘管你對她付盡恩義，她也只是爲了你的財，當你名失財盡時，她自然會與你疏遠。

另有一種傳說——「九命怪貓」，它的復仇心很强，一旦它對你懷有仇恨時，便會一生一直地糾纏你。而在人群中，女性如果被人陷害而寃死時，也會變成女鬼，再度來到陽間尋仇。

●腰　帶

■古時候的東方女性，身著古裝，如果不繫腰帶，便有一種衣衫不整的感覺，惟恐不小心露出肌膚。但當今女性盛行露背裝，低胸禮服及迷你裙……不知古時候的女子如果看到這種情形，將作何感想。

這是人類文明帶來的一大變化，但至於衣服的色澤方面，並沒有多大的改變，仍以藍、白爲主要色彩，最近增加了黃色及粉紅色等。

●碗

■有些人將「碗」比喻爲女性的私處，特別指那些患有「無毛症者」。

■碗時常會被打破，以前曾經有一個具雙關語的謎題：「十六歲的少女就像碗，在陶瓷店內震動著，有的會破，有的則不會破。」此所表示的「十六歲」對女性而言，是個不穩定

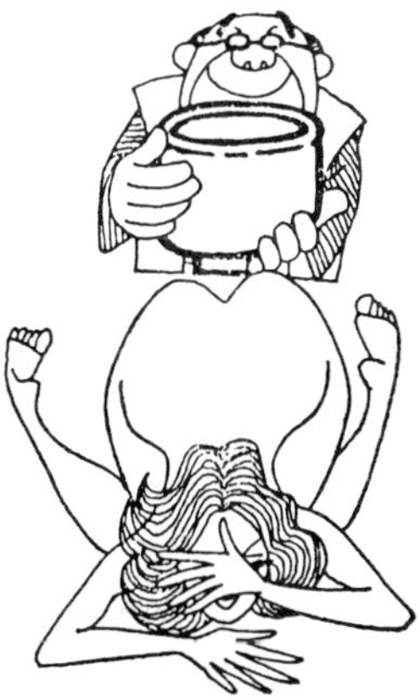

且又初邁入青春期的年齡，屬於危險期，有些人會在衝動下行事，有些人卻仍能保有自我。

■有些男士特別喜愛和沒有陰毛的女性做愛。據說，韓國的少女大都屬於此類，但無實際報導，不知事實爲何。

■喝悶酒時，以碗作爲酒器，最能借酒澆愁。

有些男性特別喜歡喝「賀爾蒙酒」，而這種酒可以自製，即先將一杯酒慢慢倒在女方的肚臍周圍，再迅速地由下體處接收，喝下這種酒，總是別有一番滋味在心頭。

●茶壺

■從前有人把「茶壺」隱喻爲牛或馬的睪丸，現在又有人將它隱喻爲男性的生殖器官，原因是由於它的形狀與睪丸相似，不過，如果以壺口挺直的形狀來形容男人勃起，則一直如壺口般地「興奮」的話，身體絕對受不了。

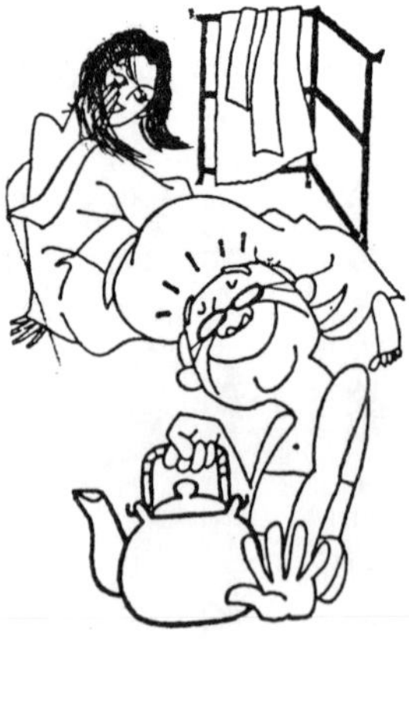

■夫妻一起到旅館投宿時，稱之爲「一

組茶壺」，有些地方把妻子稱爲「茶壺墊」。

茶壺用久了後，會因爲茶葉的潤澤而使它的色澤更美，此與人們的性行爲相同，但如果次數過多時，男方會因此而身體大傷、積弱不振。

●臘燭

▩「不高明的特技師必須改行自製臘燭。」這是一句幽默的妙語，「特技師」隱喻男人，假使他的「技巧」不高明，無法使女方滿足時，只好「自製臘燭」，臘燭一般皆隱喩爲男性的性器，意卽自慰的行爲。

▩有些人因臘燭的形狀與男人的性器有些相似，又當它燃燒時，便會滴入液體，以此暗喩男人熱情如火時，與對方做愛的射精情形。

▩臘燭又被人稱爲「生命之燈」，來源大概由於格林童話中的「死神與生命」，人們因此得到啓示。

●燈籠

▩燈籠他可以隱喩爲「肚子」、「懷孕時的腹部」、「贓物」、「兇器」、「對付婦女的暴行」、「男性的生殖器官」。

它之所以被形容爲「生殖器官」，是因爲收縮燈籠不用時，會縮小，而呈鬆弛的形狀。而男人勃起時，形狀如張開的燈籠般，挺直至最高限度。平常則如縮小的燈籠般。

●熱水瓶

■熱水瓶是在十九世紀末，由一位名叫巴恩格爾特的青年發明的，後來又由英國的杜瓦大量製造，作爲銷售的日常用品。

■有人將熱水瓶隱喻爲女性的私處，而溫熱的開水則隱射男性的生殖器官，而二者的配合自然意指男女的性行爲。

■一般的熱水瓶依大小的不同，口徑也各有差異，最小型的隱喻爲處女，中型的則爲正規的已婚婦女，大型的則隱喻爲妓女。

■妓女們的「熱水瓶」，可以裝「冷」的也可以裝「熱」的開水，反正，她們的主要目的是金錢，而非感情。

第七章
成功的秘訣

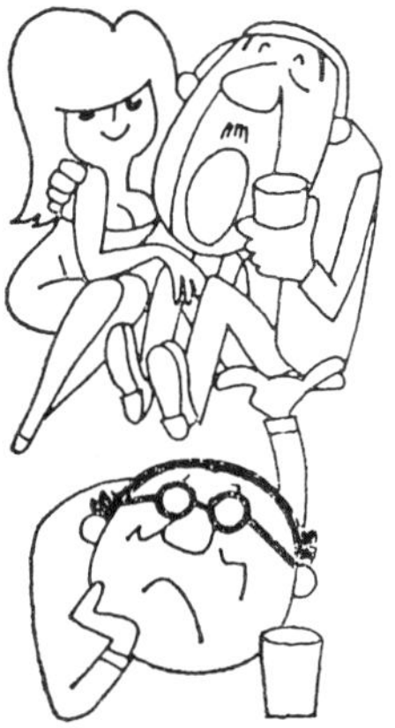

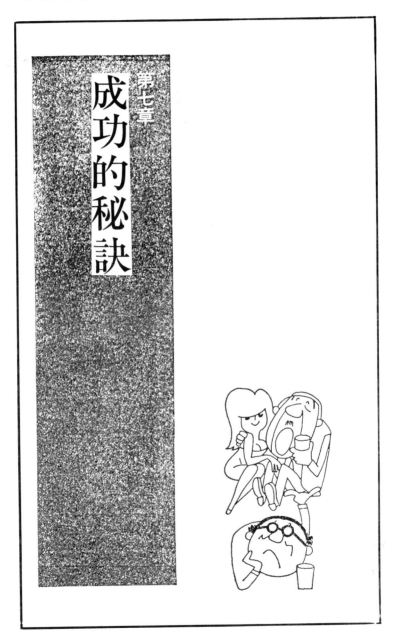

今日訓

「能夠忍受一切的人，才能成大器！」
一般在酒足飯飽後，宴會氣氛融洽，於是有人便會提議：「經理，唱首歌讓我們飽飽耳福吧！」
「我今天不行啊！」
「別這麼客氣嘛！大家都已經期待很久了，你就滿足我們的心願吧！」
「唉呀！大家早就聽膩了。」
「那裏，每個人都想聽呢！」
「不行！眞的不行！」
「那就請小姐彈琴吧！」
「好啊！」
遇到這種場面時，事後一定有人會怪這名要求經理唱歌的人多管閒事，强人所難，反而會惹經理不高興……。其實，這名多管閒事的人，日後必定會受經理的提拔，因爲在他的要求中已包含了對經理的讚美，雖然經理本身也知道對方只是恭維，但從此會對那位多管閒事的人留下深刻且良好的印象。

如何適度地讚美別人

通常，如果有後進之輩受公司裡上司的提拔時，那些資格較老的同事必定會生嫉妒之心，而儘量找機會誹謗他。可是B先生卻從未發生這種情形。他並沒有特殊的才幹，也沒有討人喜歡的長相，卻能搏得公司上、下的支持，究竟是什麼原因呢？原來是有這麼一段淵源。

大多數的家庭主婦都不太好客，因爲每當先生預約同事或朋友到家裡吃飯時，她們必須費盡心思地準備，既費神又不經濟，況且有些先生常喜歡臨時帶朋友回來，更累得她們團團轉，所以多半不歡迎客人。

「這只是個小秘訣！」B先生告訴我他也是在不經意的機會發現這個秘訣。

有一天……。

「今天眞無聊，晚上陪我喝酒吧！」B先生的上司與妻子吵架，最近心中總是悶悶不樂。

於是當晚兩人拜訪了兩、三家酒吧，彼此都已有醉意，便送上司回去。回到家裡後，他的上司假藉酒力向太太發威：「我要請B先生在我們家喝酒，快去準備吧！」

當時，B先生已經有七、八分醉意，但不敢違背上司的意思，就又陪他在家裡喝酒。

隔天早上上班時，昨夜的酒力未消，他仍舊有些迷迷糊糊的，卻看到他的上司愉快地向他走來。

「昨晚多虧你了，謝謝你使我和我的太太和好了。」

B先生被他這句搞得更迷糊了，請他詳細說明後，才知道原來當晚B先生喝得酩酊大醉，竟不停地稱讚上司的太太是個大美人，使得她心花怒放，而且還對上司說：「你眞幸福，能娶到這麼美的太太！」因此使他們彼此的心情緩和，於是將彼此的積怨一筆勾銷，結束冷戰。

從此以後，B先生學會了這個秘訣，每到同事家裡便假裝喝醉，說一些令對方高興的話，所以，不管他走到那兒都備受歡迎。

高爾夫球

打高爾夫球一向被認爲是高級的運動，以前只有比較富有的人才能參與這項運動，但是後來卻因此而成爲一種「流行」，因爲每個人都希望別人認爲自己是高尙而富足的人。

不過，無論如何，打高爾夫球比撞球或打麻將等更富建設性，也可以藉此與一些同等級的商業界人士，洽談生意，建立良好的人際關係，而且此活動屬於戶外活動，絕不會因此而遭到別人奇異的眼光。

但是，最近我才發現有人利用高爾夫球來引誘女性上當，只要捉住女人的弱點，好好應用，便可以讓她陪伴自己，甚至爲你洽談生意——陪伴客戶或公司裡的上司。

以往，有此目的的人，大部份都會邀請女方跳舞，因爲在舞池中，燈光及氣氛都相當羅蔓蒂克，女方被擁在懷裡，耳邊又聽著對方的甜言蜜語，不免心動，覺得自己就像電影裏的女主角般，進而踏入陷井。

因此也有人認爲「打高爾夫球是項戶外運動，又在大白天相處，女人如何會接受誘惑呢？」其實依現在女性的聰明及歷練，當你邀請她跳舞時，她馬上會洞穿你的企圖，而加以拒絕。但是當你對她說：

「打高爾夫球有助於健康，我們應該時常呼吸新鮮的空氣，反正當天就回來，一起去吧！」當男方以打高爾夫球爲由，邀約女方時，她往往會爽快地答應了，因爲這是一項高級的運動，女性通常比較愛慕虛榮，而且認爲對方既然喜歡打高爾夫球，應該是位人格高尚的人，因此經常會掀然接受。

而且根據醫學證明，白天適度運動後，晚上彼此之間將更能愉快地行事，興奮的程度也會比往常高，所以打高爾夫球成爲男人最好的武器了。

此外，在高爾夫球場附近，多半設立旅館、溫泉等，當彼此打了一天的高爾夫球後，總是有些疲憊，況且也不願意立刻回到空氣不好的市區，於是男方便趁機邀請女方，沐浴、用餐後再離去。

這麼一來，大部份的女性都會有所警覺，但有些女性早有心理準備，甚至自願在旅館內過夜，當你與上司同行，而女方有此意時，就必須識趣地趕緊離去，因爲你的目的就是爲上司介紹女友，預備日後能受到提拔。

因此，當妳向某個男士說明自己喜歡打高爾夫球，而對方立刻表示他願意買運動鞋、服裝、帽子、用具給妳時，妳就必須提高警覺。

善用你的三寸不爛之舌

我每年都會接受邀請，到某高中展開短期的研究教學，學生的人數大約爲一百名，多半爲年輕人。從創辦到現在已有十年的歷史，所以我教過的學生人數也不算少。但人的記憶有限，我總是無法完全記住他們的名字。

有時候在路上碰到某個年輕人，他會迎面微笑地向我問好，但我卻無法想起他究竟叫什麼名字，爲了避免尷尬，只好佯裝說：「哦！是你！好久不見了！」

不過，大致說來，成績特別優異或特別差的學生，往往都比較容易存入老師的記憶中，其它，普普通通，沒有特殊表現的學生就會時常被遺忘了。

以此類推，在公司的情形也相同，特別優異或相對地，業績特別差的同事，老闆都會特別注意，其它那些規規矩矩標準的好職員型的人，就默默無聞了。

因此，我想提醒那些希望成大器的職員們，不要完全按照好職員的模式行事，成功的第一要件，就須要引人注目，在同事之間，很少會成爲別人的話題者，就很難成大事了。其實，並不是對上司唯命是從的職員，才會受到重視，有時候你可以適當地善用你的三寸不爛之舌。

說話的技巧因人而異，有些人能藉此接近人與人之間的關係，有些人卻成事不足，敗事有餘地胡亂說話，得罪了別人，而造成不可收拾的局面。爲了避免不妙的情形發生，必須注意兩個事項：

㈠不可以批評別人自認爲拿手的事。

㈡不要批評他最親近的人。

你儘可以以開玩笑的口吻貶低對方，但絕不能使關係惡化，反而要讓對方心情愉快。例如：

「課長！你的太太眞是個大美人！她……她怎麼會和你結婚呢？」B先生開玩笑地說著。

「你說什麼?!我也有不可多得的優點啊！」

「噢！你所謂的『優點』是指……」

這位課長雖然在開玩笑當中，間接地被B先生批評爲醜陋的人，但他並不會因此而生氣，因爲他最親近的人已受到最高的讚美。又例如：

「我聽說令郎很聰明，一次就考上了第一志願，恭喜你了！」B先生另有意圖地對他的上司說道。

「謝謝！」

「不過，一般人都說：『子比父賢是爲不孝』，那你的兒子就犯了不孝的大忌了嗎？」

「什麼！」

從他的回答中，雖然可以感覺到一絲惱意，但是他的表情告訴我們，兒子受到讚美甚於一切了。所以，那一年公司開人事會議時，B先生受到了提拔。

由這個例子，我們可以得到一個啓事，如果你想成功，必須善用三寸不爛之舌，適時的使用，必能爲你打開一條更光明的大道。

妥善地應用姐妹關係

曾經有一個在公司一直不得意的人，基於某日的靈感，與他的姐妹共謀，應用她們的魅力，開拓了事業。

這是一個長遠的計畫，他必須很有耐心地去推銷他的理論。以下有許多與女性有關的成語……

……。

「女子本爲男人身體的一部份。」這是語源於亞當與夏娃的神話，相傳夏娃就是由亞當的肋骨轉變而來，所以女子與生俱來地必須爲男人服務。

「女子結婚以報親恩」，這是結婚時，男方必須付給女方聘金的起源。父母親的養育之情，非一朝一夕可以報答，男方要帶走女方前，必須付聘金，表示一點心意，慰藉父母親的辛勞。

「女人是搖錢樹」，這是一個比較古老的觀念，以前的貧窮人家，養育女兒，待其年長後，只要姿色不錯，便可賣掉她，得到一筆相當可觀的金錢。

因此，女人根本不須要爲生活擔憂，只要身體沒有缺陷，雖然不是天仙美女，也可以賣身賺錢。

B先生有一個姐姐，一個妹妹，他與她們做了妥善的長期計畫，逐步地爲他奠定成功之路。例如：每當有同事搬家時，他就自願幫忙，並和姐妹一同前去，利用她們天生的魅力，先奠定與同事之間的和諧關係。之後，逐漸往上進行，對象分別爲課長→科長→副總經理→總經理→甚至董事長。

他之所以會這麼做是應用了前述的成語及以下一個幽默的雙關語。

「細白的豆腐，人人想吃！」雖然任何食物食用過量時，都會造成「胃疾」，但男上們卻時常因美女當前，情不自禁，而無法自制。

B先生就是巧妙地應用了這種心理，經常刻意地讓他的姐妹出現在公司裏或同事共處的場合。不過，如果他所呈現的「豆腐」，不夠細白，味道也不鮮美的話，仍舊無法如其所願的，因此，他常會應用「人要衣裝，佛要金裝」的道理，讓她們的美更引人注目。

女性使自己更美的程序有三：「一髮二化粧三衣裝」。以往都認爲黑色的長髮是美女的標誌，但現在時代不同了，許多女性流行與男士同樣的髮型。記得，國際女明星碧姬芭杜來華訪問時，也以短髮出席記者招待會。除此之外，由於時代的進步，現在已有各式的假髮，女性可以隨時改變任何髮型。

其次是「化粧」，有句俗語說：「女鬼也要化粧」，可見再醜的女人，只要巧妙地應用化粧術，掩飾自己的缺點，便足以令男人傾心了。

B先生就是徹底地使他的姐妹實施「一髮二化粧三衣裝」的技倆，使他在公司的人際關係愈加良好，如今成爲公司裡的總經理。

以上是B先生的實際體驗及所抱持的理論。

●賄賂

▨賄賂的定義爲：利用一些不正當的手段，獻上金錢或禮物等，以求對方給予某種程度的幫忙。

▨以前報上曾經刊載，有些人爲了避免被別人識破自己賄賂的用意，於是託人特別設計，在名片周圍鑲上價值頗高的碎鑽。

▒一般商業界的人認爲，賄賂最有效的方法爲①喝酒、②送禮、③色情誘惑，前二者的效果往往較後者低，相信各位讀者也經常在影片上看到有人以「美人計」來度過難關的情節。俗謂：「食，色性也！」畢竟這是人們的本能，也是最具誘惑性的一個手段。

▒南、北地區的風化場所，客人給予小費的時間、規矩不盡相同，南部大都在事後，按服務的情形如何給予小費，但在北部時，必須先給小費，要求對方能給予較好的服務，這也可以稱爲「賄賂」。

▒曾經嚐過泰國浴的男士們一定可以了解這種情形，當你事先多付些小費時，便能得到較好的服務。

●妾

▒中國古代，納妾的風氣很盛，當時重男輕女，女人如家庭用品般，當男人厭煩時，就可以另外出錢買新妾。所以，有些養女十分可憐，因爲她們之所以被養育，就是爲了以後可以爲養父母賺來一筆「賣身費」。

此外，有些大戶人家比較懂得精打細算，在女方年紀仍輕時，就先以較便宜的價格，買回來當丫環差使，就是所謂的「童養媳！」等她長大後，再正式納爲妾。

■西方國家，在中古世紀時代，也有三妻四妾的風俗，十三世紀的英國教會，甚至承認納妾是合法的。或許這是因爲憐憫丈夫不滿意妻子時，卻不准離婚的補償作用吧！

■印度在西元一九五五年時期，男人至少可以娶三個妻子，但第一任妻子的身份階級，必須和男方相同，所謂的門當戶對，將之列爲正妻。其次，第二、第三任妻子則可以以美貌爲主，不必顧慮她的出身。

由於古時候，男人幾乎都擁有無限制的特權，因此曾經傳說一名印度男子，共有三百名孩子，假使平均一個妾生兩個孩子，那他至少納了一百五十個妾，但事實上，不見得每個妾都育有孩子，可見他的「能力」，眞是不可勝

計。

另外，以前的王宮裡，皇帝的妃嬪更是不可勝數，難怪皇帝們的壽命大致都不長久，而妃嬪之間，也時常勾心鬪角，這也難怪她們。因爲妳如果不和別人計較，很可能一個月都見不到皇上，她們又不准與任何人扯上關係，相信她們的性生活方面，必定都無法得到滿足。

▨根據古時候的稱呼，亦將妻妾稱爲正房、偏房，以前根本沒有「金屋藏嬌」的事件發生，因爲男人可以正正當當地把妾帶回家，大家共處一室，排定名份。

日後，遺產的分配量也依嫡子、正妻、庶子、妾而分配。

▨到了戰亂期間，生活困苦，女子大都自願爲妾，或淪爲妓女，解決生活上的問題。因此，曾經有人說過，女人絕不會餓死。

▨現在的社會一切已男女平等，法律明文規定一夫一妻制，男性也有人入贅，甚至成爲「男妓」，一切都有所改變了。

●處女膜

▨處女膜對女人來說，是一件十分重要的事，它的完整與否可以決定她未來的一生。

▨在中古世紀時代，一些未開化的地區，他們一點也不重視「初夜權」，當男女雙方舉行結婚典禮後，必須先後經由酋長、村長、祭司等人舉行「破膜儀式」，使她成爲眞正的女人後，才允其屬於丈夫。因此，生活在那種時代，那種地區的男士們，除非身爲酋長等職位，否則根本無法享受「初夜權」。

●帽　子 Chapean

▨帽子的歷史悠久，在古埃及和希臘時代就已經產生，但當時的帽子是爲了戰爭或保護頭部而製的，現在的帽子則大都爲了裝飾。

▨「我以爲不會惹出麻煩，才答應和她………沒想到她卻糾纏不清！」

「你大概沒有戴帽子吧！」這時候所說的「帽子」，指的是「保險套」。

英國人把戴帽子當作一種禮節，所以英國的紳士都會穿著燕尾服，頭上戴著帽子，而且可以從帽子的質料，款式判定不同的身份等級。

●柺　杖

▨在舊的聖經中，柺杖是亞當隨身攜帶的物品，此外，也有人在埃及古堡中發現柺杖，可見它是自古就有。

▨枴杖在我國也有早期的文獻記載，初期作爲旅行用具使用，後來，變成年老的人的專屬品。

▨歐洲從十六世紀開始，就把枴杖當作裝飾用，但受歡迎的程度仍不普遍，到了十七世紀，接觸的人日漸增多，男女都喜歡拿著枴杖在戶外散步，並且認爲那是高雅的人士必有的習慣，因此，英國的紳士們都隨身攜帶枴杖。

▨曾經有一個故事，傳說一名英雄把枴杖揷在土地上後，地下湧出了溫泉。依此故事，如果把枴杖比喻成男人的生殖器官，它也會湧出「溫泉」的。

▨在名著「出埃及記」中，亞倫曾經利用枴杖，使埃及國王投降。華格納的歌劇內，也曾經以宗教爲背景，演出以枴杖爲主要角色的歌劇。

●背　面

▨人生中，背面的事總比正面的事引人注目，大家也特別喜歡探求。

▨「後巷」——隱喻煙花柳巷。

▨傳說美國以前有一種風俗，生性怕羞的男生，想向自己喜歡的女性示愛時，往往會先拿一面鏡子，仔細端詳自己後，再把鏡子放在自己所喜歡的女人桌上。如果對方正面拿起鏡子，同樣在鏡裡端祥自己時，表示她願意接受你的感情，但如果她將鏡子翻到背面，放在桌上時，就表示你的示愛失敗，男方必須忍受痛苦，放棄繼續追求對方的權力。

第八章 金錢的趣談

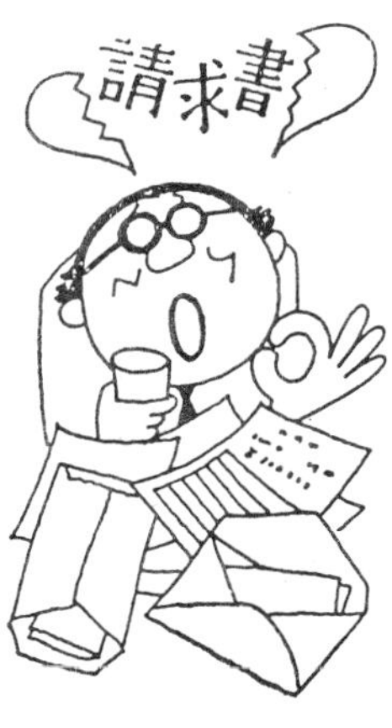

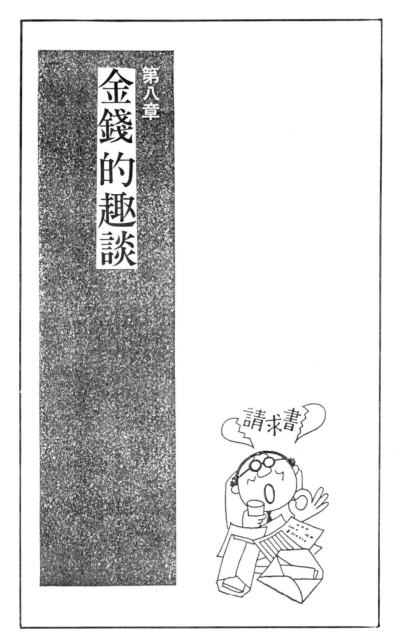

今日訓

「金錢和戀愛有著密切的關係，千萬不可讓自己沈迷其中，尋不著出路。」例如：

「人生充滿著痛苦，只好借酒澆愁，到不同的酒家去迷醉自己，我要繼續喝……」這是一位失戀的男士所說的話，此外……。

「人生多麼美妙啊！只要看她在我身邊，我就好像活在天堂裡一樣，爲了慶祝我們的愛情，祈望它永遠不變，我要繼續地喝……」這是一位正在熱戀中的男士所說的話。

如此看來，不管是處在失戀或熱戀中，只要與愛情扯上關係時，也脫離不了金錢的窘迫，如以上這兩位男士，在不斷地飲酒中，不知花費了多少不必要的金錢，仔細反省時，一定會爲自己這種不理智的行爲而感到懊惱。

儲蓄以備急用之道

「揮霍無度者必定會嚐到惡果。」以下的故事，便可以印證這一點。

M小姐平生的志願是當一個秘書，所以她必須半工半讀地學習，但是因爲世態炎涼，小妹之類的工作也無法供應她的學費及生活費，因此，在迫不得已的情況下，她從事特種行業——酒家女。

不過，她並不是充當流鶯或應召女郎，而是在一家高級的酒廊服務，然而，因爲她年輕，而且正值求學時期，談吐氣質自然和其他的小姐不同，又頗具姿色，可謂內在美與外在美兼備，所以相當受客人歡迎，可是她一向律己甚嚴，不隨便接受客人的邀約。

因此，暗戀她已久的B先生，始終沒有機會與她接近，而他又是個出名的花花公子，所以每天都到她的酒廊捧場，平時要氣派，揮霍無度。

「我一向出手大方，無論到那裏都很受歡迎，而我之所以時常到那些場所風流，只是想找到一個合適自己的女人，但好不容易找到了，對方卻不領情。」B先生以痛苦的神情說著，可見他的婚姻生活很不美滿。後來，M小姐的一位朋友對他說：

「B先生，你是不是很喜歡M小姐，她最近工作忙碌，功課壓力又大，人早已瘦得不成樣了。我本來勸她放棄學業，可是她堅持不肯。」

最後，她自己也覺得累了，曾經對我說過，只要有人眞心誠意地愛她，而且有點經濟基礎的話，她就願意跟著他……，你覺得怎麼樣？她是個好女孩喔！到目前爲止仍然是個處女。

她的朋友稍作停頓，又繼續說：「她因爲生活需要，有點小條件，只要對方能另外爲她租一層公寓，每個月給她三萬元的生活費，讓她可以繼續完成學業，有機會可以陪對方，畢業後，她就會自己找工作。」

這種條件對一向揮霍無度的B先生而言，是件小事，合計大約只要二十萬，奈何B先生已將家裡的積蓄揮霍怠盡。於是便只能懊惱地說：「我當初爲什麼不儲一些錢呢？」……「只要我每天少喝一些酒，現在不就可以一償宿願了！」就因此而失去了一個好伴侶，從此以後，他不再揮霍無度，想必那件事給予他相當大的打擊。

借錢

當某人開口向你借錢，而你明知他不可能會還錢時，就很難處理了。或許別人都誤以爲我是個「大富翁」，所以我經常碰到這類的事。

「平常我們就時常聽說朋友之間，爲了借錢的事，鬧得很不愉快，我一向正直，也不願意得罪朋友，可是我眞的暫時沒辦法幫助你……」——曾經有朋友對我說過，這是個最有效的婉拒辦法。

可是我確實是個正直的人，所以也不願意這樣拒絕對方，既然不願意借給對方，何不明講？不過，若是遇到女性來借錢時，就更難以拒絕了。

「我肯定你可以幫助我，所以才來找你！」當女方這麼說時，因爲我也是個好勝心頗重的大男人，往往不願意讓對方失望。可是「絕對不要借錢給女人，她絕對不會還錢」這句名言衆人皆知，也曾有人多方印證。記得，我自己也曾經碰過這種情形。有一天，某酒廊的C小姐來看我……。

「你不再去我們的酒廊捧場後，我也離開那裏回到了鄉下，可是生活問題無法解決，所以我又來了。希望先在這裏租層公寓，可是我的保證金不足，你能不能先借給我，三個月內我一定會還你。」

我基於那句名言，狠心地加以拒絕了，況且我又和她喝過三、四次酒，也沒特別親密的關係，憑什麼要我幫忙她，於是我堅持不肯借她。

可是那個女人不曉得是無知，還是狡猾，總之，她一句話也不願多說地扳著臉孔，和我對坐了一個多小時，那種神情好像是我欠了她好多錢，不肯還似的，而且一臉理所當然的模樣，反而讓我感到不安，最後，我只好認輸，把錢借給了她。

果然，期限到了，她也沒有還錢，而且自從借錢後，就不曾再見到她的踪影。眞是叫人又惱又恨。日後假使又有女人來借錢時，我就會想起這件事，不斷地提醒自己不可以借給女人。她們的「借錢術」實在太高明了。

節省的技巧

公司裡舉辦聚會、員工慰勞旅行，總會花費一筆可觀的費用。而且在酒會中，也時常可以看到男同事們醉酒後，原形畢露的模樣，有的唱歌，有的跳舞，甚至想脫衣服，說一些不堪入耳的黃色笑話。

據說，飲酒過量後，也有各種不同方式的醉法，伊莉莎白時代的劇作家「湯姆斯」曾經做過統計，共有八種——猿醉、獅子醉、豚醉、羊醉、山羊醉、狐醉等等。

八項都冠有獸類的名稱，這是因爲他們認爲，人本是動物的一種，所以在喝醉酒，失去理智的時候，就會原形畢露。我也不按照順序一一說明了，就它的特殊性，只介紹山羊醉的情形。

據說，這種醉法，大都屬於男性，通常都會在醉後萌生色慾，而且在八種醉法中，這種醉法佔了百分之八十。

記得，那一年公司舉辦慰勞旅行，由我及E先生主辦，但由於花費頗大，公司所支付的費用不足，我和E先生傷透腦筋，在不得已的情況下，我提議到市區內二、三流的餐廳聚餐，以節省經費，不料，E先生卻堅持決定要到溫泉區。

「即使到最便宜的溫泉，恐怕連住宿費都不夠用呢？」我不免擔心地提醒他。

「一切包在我身上。」他卻胸有成竹地回答我，當時我也只認爲他想先墊錢罷了。

「溫泉！哇！棒極了！」許多男同事歡喜欲狂，報名參加的人一共有二十名。

不久後，我們到達了目的地，大家首先盡情地喝酒，E先生也是輕鬆自如似地不斷向大家敬酒，只有我一個人爲了經費不足的事情擔憂。

當時，我就發現了一個很奇怪的現象，E先生不停地勸酒，連那些平時也不常喝酒的人，都被他灌得醉醺醺地。不過，氣氛十分融洽。

酒會終於結束，次日在回家的路上，E先生自鳴得意地告訴我。

「預計的費用仍有餘額，我們倆再去好好地喝一杯吧！」聽他這麼一說，我滿臉驚訝的表情，於是他又繼續說明……。原來，當晚醉酒的人數頗多，又全是山羊醉，便情不自禁地各自離去，另外享樂，於是住宿費及餐飲費就剩餘了。當晚，如果二十名男同事都乖乖地圍聚在一起，自然會超出預算，但E先生知道「山羊醉」的情形，巧妙地應用後，就節省了一筆大開銷了。

愛情與麵包

以下是一位妓女院的老闆的自白……。

我時常在電影上看到妓女存心以感情來欺騙、詐取錢財的事，這令我十分懊惱。

我認爲社會上的人，都以奇異的眼光來看妓女，而忽略了她們也是人，也有喜怒哀樂，最重要的是，她們也有情感。當然也有些年輕的女孩，爲了生活，爲情勢所逼，不得不虛情假意地與客人交往。但這也不能怪罪她們，相信來這裏尋樂的客人，也應該自己明白，彼此之間純粹是一種交易行爲罷了。

況且妓女們也不敢輕易地愛上嫖客，一則陷入後，她的觀念受到改變！就無法全心全意的賺錢，二則嫖客們通常都是抱著玩樂的心情與他們交往，也有些癡情的妓女被嫖客欺騙，人財兩空的事情發生過。

總之，妓女們也是有感情的，一旦她們眞正付出感情後，比任何女孩都癡情，而且會珍惜這個不可多得的情感，但有那些嫖客是眞心地對待她們呢？

「有一個年輕的女孩爲了賺錢，曾經一再地欺騙男人，儲蓄金錢………」有關這類的故事，我們經常可以聽到，但並非所有的妓女都是這樣，社會上不能只以奇異的眼光來看這些事情，畢竟這是社會環境所造成的畸形現象，許多不幸的女孩子都是受害者。

我自己本身便是，爲了生活辛苦了多年，出賣自己的靈肉，後來，好不容易看上一名男子，相識多年，我把一切都給他，他口口聲聲地告訴我，他願意娶我，可是等我年紀稍長，所儲蓄的錢也差不多被他用完了時，他就撒手而去。

當時，我並沒有恨他，因爲我知道他是個有家室的男人，離開我是必然的事，我也不願意介入別人的家庭，破壞另一個女人的幸福，只希望能在一生中，眞正地愛過一個人，嚐受「眞愛」的滋味。

也許當別人聽到這件事時，會不相信，或認爲我是個大傻瓜，但是我卻覺得很幸福。

我有一個同行的好朋友，她年輕的時候，努力地賺了很多錢，至今她已年過四十，而且是個小富婆，大家都認爲她一定會過得很滿足，可是她卻偷偷地對我說：

「我眞需要愛情的滋潤！」

相信這是每一個女人的心聲，而一般的男人在發現女方眞正愛上他時，則開始對她失去興趣，感到厭煩，留下一則悲哀的故事。

總之，我要强調，在人的生命中，物質上的滿足是必須的，但並不能代表一切，每個人都有七情六慾，都希望能眞正愛一個人，或被愛，奉勸各位年輕的女性們，不要把金錢看成一切，也不要輕易地上當，否則將又是另一則悲慘的故事開始………。

以上的自白，雖然有些偏激，但的確反應出許多社會病態，不容忽視。

道高一尺、魔高一丈

馴服女人的方法有很多種，在一個偶然的機會裡，讓我更了解這個道理。

當天，我們爲了慶祝朋友的昇遷，邀集一些比較要好的朋友一同慶祝，大家飲酒作樂，十分盡興。

但是大約走過幾間酒廊後，就可以淸楚地看出酒量，不勝酒量的人一一離去，最後只留下我和另一名新聞記者B先生。兩個人一起到熟悉的酒廊吃宵夜。

「別急著走啊！我們再乾一杯！」B先生興緻勃勃地說著。從他的眼神中，我可以察覺出他十分滿意陪酒的女服務生。

「我陪你喝酒，當然可以，不過……」我面帶難色地回答著，因爲我的錢已經快用完了，如果再繼續飲酒，恐怕無法付帳了。當時，B先生似乎洞察了我的心意，於是胸有成竹地對我說：

「別擔心，我還有『三張』。」

「那麼就恭敬不如從命了……」

於是我們繼續飲酒作樂，氣氛十分融洽，未料，到了付帳的時候：

「你去付吧！」他所拿出來的三張鈔票，原來是一百元的鈔票，而非千元大鈔，這麼一來，酒廊的女服務生立卽變了臉色，我只好趕緊掏盡身上所有的錢，勉强了事。

幾天後，我和另一個朋友到這家酒廊捧場……。

「你怎麼沒帶上次那位朋友來，他很忠厚，我很喜歡他」上回與B先生共同飲酒的女服務生對著我說：「他竟然拿著三百元就想到這裏飲酒作樂，可見他很少到這種場合來，這類的男人的魅力最大了！」

經她這麼提醒，我才恍然大悟，原來B先生另有企圖，故意造成這種假像，以最經濟的手法，達到最好的效果。相信不久後，他和那名女服務生必然會有進一步的發展了。

愛情與金錢同樣重要

「結婚只是考驗彼此愛情的形式罷了。如果要我選擇金錢或愛情，我會選擇後者，因爲錢是身外之物………」N小姐一向抱此觀念，她目前和公司的業務經理私交甚密，她也知道對方是有婦之夫，但她不在意，也不曾利用彼此的關係向他要求金錢上的支助。

她認爲這樣的生活態度，才能充分地享受人生，因此，每天都活在幸福、滿足的感覺中。如果一切生活就這樣進行著，她應該也可以無憂無慮的過日子，但是出乎意料之外地出現另一名令她心動的年輕男子，他的條件很好，是個大企業家的後代，而且仍舊未婚。

N小姐心裏十分矛盾，但不願意欺騙那位經理，因此，就找了一個適當的機會，與他坦然相對。

「我已經有了結婚的對象了！」她婉轉地向經理說明，希望彼此早點分手，可是經理卻懷疑地說：

「反正我也無法與你結婚，如果妳能幸福的話………可是，他眞的願意和妳結婚嗎？」

「是的，他說他一輩子都不離開我！」

其實，經理本來就有心理準備，這一天早晚都會來臨，但是心裏難免仍有些空虛。而且N小姐與他交往時，從來不曾任意要求金錢上的補足，他往後很難再遇見這樣的女人了。

後來，他決定去見那名年輕人。

「你眞的決定和N小姐結婚嗎？」

「這怎麼可能，我已經有未婚妻了，再一個月我們就要擧行結婚典禮，我和她只不過玩玩罷了，怎麼能當眞呢？」

這麼說來，N小姐就卽將同時失去兩個男人了！

他又繼續說：「結婚與愛情是不同的，她只不過是我的情人罷了！」

「或許你可以保有你自己的想法，可是我認爲結婚和愛情，結婚和金錢是同等重要的，不應該忽略任何一點。」經理提出他自己的看法。

相信經過這件事後，M小姐的戀愛觀必定會有重大的轉變。

●貸　款

▨銀行的職員如果未把客戶所存的錢列入帳內，而偷偷地借給別人，賺取利息時，是一種犯法的行爲，若被發現後，將會產生「偸雞不著蝕把米」的下場。

■但是另外有一種私人的情形，仍舊可以得利，但不致於構成犯罪的情況。公司裡的職員可以預支薪水，再將薪水轉借給別人，這樣就可以賺取利息，增加額外的收入。假使不便向公司預支薪水時，就可以先向公司裡的固定客戶借錢，由於業務上的關係，他通常不會算利息，這樣你就可以轉借給別人，或存入銀行內，一舉兩得。

■有些觀念過於開放的女性，因為情夫一週才來一次，其它的時間都空閒著，於是她會把身體「借」給其他的男人，當然不是免費，如此，既可以得到性生活方面的滿足，又可以賺錢，這種福利成為女性的特權。

■有些喪盡天良的丈夫，往往因賠債而將太太賣給別人，把她當成搖錢樹，成為他的經濟來源。

●枕金

▨有些男人喜歡金屋藏嬌，如果對象是妓女時，他爲了完全擁有她，就必須付給她一筆可觀的費用，表示往後她不可以再接其它的客人，而這些錢當然一部份是屬於酒廊的老闆。有些熟知內幕的人把這筆錢稱爲「枕金」。

▨假若嫖客與妓女之間交涉成功，他便成爲她暫時的「先生」，她便應該遵守婦道，不能與其他男性交往，而且每次與對方做愛後，對方只須付給她一筆小費，而不用給服務費。

▨根據「枕金」的說法，也產生了各種不同的儲蓄法，例如：有些夫妻在房間的枕頭旁，放一個珠寶盒，每天晚上，誰先要求行房，就必須付一百元，意卽放一百元在盒子內，如此，日子久了之後，便可以存下一筆相當可觀的錢，夫妻二人可以二度蜜月或大吃一頓。

總之，這種方式不但可以儲蓄，又可以促進彼此的性慾，使婚姻生活更加美滿，可謂一舉數得。

▨有些人把金錢放在枕頭下，是爲了防止小偸偸竊，或純屬於私房錢，不願意讓對方知道。不過，也有些男人利用「枕金」來誘惑妓女，但「道高一尺，魔高一丈」，有些存心不良的妓女往往會欺騙嫖客，讓他們在以爲是强精藥的情況下，服下安眠藥，這麼一來，她們旣不用服務，又可以得到枕金。

●數　字

■數字中的「○」，一般男人暗喻爲不向男人索取生活費的妾。

■「六九」一般的歐洲人以此記號表示「同性戀者」。也有人以「69」來暗喻男女性交時的姿勢、形狀。

■「第十一」——意指「接吻」，因爲英文二十六個字母中，第十一個字母是「K」，而以「K」來暗喻「K…KK」。

■「十二」意指男女的性交，因爲時針及秒針在十二點時重疊在一起，所以他們以此來暗喻性行爲。

■「十六」——西方人有一種迷信，他們儘量避免在十六號性交，尤其是五月十六號，否則，在性交後三年內必定會遭橫禍。

⑨性格測驗9　戀愛知多少　淺野八郎著　160元
⑩性格測驗10　由裝扮瞭解人心　淺野八郎著　140元
⑪性格測驗11　敲開內心玄機　淺野八郎著　140元
⑫性格測驗12　透視你的未來　淺野八郎著　140元
⑬血型與你的一生　淺野八郎著　160元
⑭趣味推理遊戲　淺野八郎著　160元
⑮行爲語言解析　淺野八郎著　160元

•婦 幼 天 地•電腦編號16

①八萬人減肥成果　黃靜香譯　180元
②三分鐘減肥體操　楊鴻儒譯　150元
③窈窕淑女美髮秘訣　柯素娥譯　130元
④使妳更迷人　成　玉譯　130元
⑤女性的更年期　官舒妍編譯　160元
⑥胎內育兒法　李玉瓊編譯　150元
⑦早產兒袋鼠式護理　唐岱蘭譯　200元
⑧初次懷孕與生產　婦幼天地編譯組　180元
⑨初次育兒12個月　婦幼天地編譯組　180元
⑩斷乳食與幼兒食　婦幼天地編譯組　180元
⑪培養幼兒能力與性向　婦幼天地編譯組　180元
⑫培養幼兒創造力的玩具與遊戲　婦幼天地編譯組　180元
⑬幼兒的症狀與疾病　婦幼天地編譯組　180元
⑭腿部苗條健美法　婦幼天地編譯組　180元
⑮女性腰痛別忽視　婦幼天地編譯組　150元
⑯舒展身心體操術　李玉瓊編譯　130元
⑰三分鐘臉部體操　趙薇妮著　160元
⑱生動的笑容表情術　趙薇妮著　160元
⑲心曠神怡減肥法　川津祐介著　130元
⑳內衣使妳更美麗　陳玄茹譯　130元
㉑瑜伽美姿美容　黃靜香編著　150元
㉒高雅女性裝扮學　陳珮玲譯　180元
㉓蠶糞肌膚美顏法　坂梨秀子著　160元
㉔認識妳的身體　李玉瓊譯　160元
㉕產後恢復苗條體態　居理安•芙萊喬著　200元
㉖正確護髮美容法　山崎伊久江著　180元
㉗安琪拉美姿養生學　安琪拉蘭斯博瑞著　180元
㉘女體性醫學剖析　增田豐著　220元
㉙懷孕與生產剖析　岡部綾子著　180元
㉚斷奶後的健康育兒　東城百合子著　220元
㉛引出孩子幹勁的責罵藝術　多湖輝著　170元

㉜培養孩子獨立的藝術	多湖輝著	170元
㉝子宮肌瘤與卵巢囊腫	陳秀琳編著	180元
㉞下半身減肥法	納他夏・史達賓著	180元
㉟女性自然美容法	吳雅菁編著	180元
㊱再也不發胖	池園悅太郎著	170元
㊲生男生女控制術	中垣勝裕著	220元
㊳使妳的肌膚更亮麗	楊　皓編著	170元
㊴臉部輪廓變美	芝崎義夫著	180元
㊵斑點、皺紋自己治療	高須克彌著	180元
㊶面皰自己治療	伊藤雄康著	180元
㊷隨心所欲瘦身冥想法	原久子著	180元
㊸胎兒革命	鈴木丈織著	元

・青春天地・電腦編號17

①A血型與星座	柯素娥編譯	120元
②B血型與星座	柯素娥編譯	120元
③O血型與星座	柯素娥編譯	120元
④AB血型與星座	柯素娥編譯	120元
⑤青春期性教室	呂貴嵐編譯	130元
⑥事半功倍讀書法	王毅希編譯	150元
⑦難解數學破題	宋釗宜編譯	130元
⑧速算解題技巧	宋釗宜編譯	130元
⑨小論文寫作秘訣	林顯茂編譯	120元
⑪中學生野外遊戲	熊谷康編著	120元
⑫恐怖極短篇	柯素娥編譯	130元
⑬恐怖夜話	小毛驢編譯	130元
⑭恐怖幽默短篇	小毛驢編譯	120元
⑮黑色幽默短篇	小毛驢編譯	120元
⑯靈異怪談	小毛驢編譯	130元
⑰錯覺遊戲	小毛驢編譯	130元
⑱整人遊戲	小毛驢編著	150元
⑲有趣的超常識	柯素娥編譯	130元
⑳哦！原來如此	林慶旺編譯	130元
㉑趣味競賽100種	劉名揚編譯	120元
㉒數學謎題入門	宋釗宜編譯	150元
㉓數學謎題解析	宋釗宜編譯	150元
㉔透視男女心理	林慶旺編譯	120元
㉕少女情懷的自白	李桂蘭編譯	120元
㉖由兄弟姊妹看命運	李玉瓊編譯	130元
㉗趣味的科學魔術	林慶旺編譯	150元

㉘趣味的心理實驗室	李燕玲編譯	150元
㉙愛與性心理測驗	小毛驢編譯	130元
㉚刑案推理解謎	小毛驢編譯	130元
㉛偵探常識推理	小毛驢編譯	130元
㉜偵探常識解謎	小毛驢編譯	130元
㉝偵探推理遊戲	小毛驢編譯	130元
㉞趣味的超魔術	廖玉山編著	150元
㉟趣味的珍奇發明	柯素娥編著	150元
㊱登山用具與技巧	陳瑞菊編著	150元

•健 康 天 地• 電腦編號18

①壓力的預防與治療	柯素娥編譯	130元
②超科學氣的魔力	柯素娥編譯	130元
③尿療法治病的神奇	中尾良一著	130元
④鐵證如山的尿療法奇蹟	廖玉山譯	120元
⑤一日斷食健康法	葉慈容編譯	150元
⑥胃部強健法	陳炳崑譯	120元
⑦癌症早期檢查法	廖松濤譯	160元
⑧老人痴呆症防止法	柯素娥編譯	130元
⑨松葉汁健康飲料	陳麗芬編譯	130元
⑩揉肚臍健康法	永井秋夫著	150元
⑪過勞死、猝死的預防	卓秀貞編譯	130元
⑫高血壓治療與飲食	藤山順豐著	150元
⑬老人看護指南	柯素娥編譯	150元
⑭美容外科淺談	楊啟宏著	150元
⑮美容外科新境界	楊啟宏著	150元
⑯鹽是天然的醫生	西英司郎著	140元
⑰年輕十歲不是夢	梁瑞麟譯	200元
⑱茶料理治百病	桑野和民著	180元
⑲綠茶治病寶典	桑野和民著	150元
⑳杜仲茶養顏減肥法	西田博著	150元
㉑蜂膠驚人療效	瀨長良三郎著	150元
㉒蜂膠治百病	瀨長良三郎著	180元
㉓醫藥與生活	鄭炳全著	180元
㉔鈣長生寶典	落合敏著	180元
㉕大蒜長生寶典	木下繁太郎著	160元
㉖居家自我健康檢查	石川恭三著	160元
㉗永恒的健康人生	李秀鈴譯	200元
㉘大豆卵磷脂長生寶典	劉雪卿譯	150元
㉙芳香療法	梁艾琳譯	160元

㉚醋長生寶典	柯素娥譯	180元
㉛從星座透視健康	席拉·吉蒂斯著	180元
㉜愉悅自在保健學	野本二士夫著	160元
㉝裸睡健康法	丸山淳士等著	160元
㉞糖尿病預防與治療	藤田順豐著	180元
㉟維他命長生寶典	菅原明子著	180元
㊱維他命C新效果	鐘文訓編	150元
㊲手、腳病理按摩	堤芳朗著	160元
㊳AIDS瞭解與預防	彼得塔歇爾著	180元
㊴甲殼質殼聚糖健康法	沈永嘉譯	160元
㊵神經痛預防與治療	木下眞男著	160元
㊶室內身體鍛鍊法	陳炳崑編著	160元
㊷吃出健康藥膳	劉大器編著	180元
㊸自我指壓術	蘇燕謀編著	160元
㊹紅蘿蔔汁斷食療法	李玉瓊編著	150元
㊺洗心術健康秘法	竺翠萍編譯	170元
㊻枇杷葉健康療法	柯素娥編譯	180元
㊼抗衰血癒	楊啟宏著	180元
㊽與癌搏鬥記	逸見政孝著	180元
㊾冬蟲夏草長生寶典	高橋義博著	170元
㊿痔瘡·大腸疾病先端療法	宮島伸宜著	180元
(51)膠布治癒頑固慢性病	加瀨建造著	180元
(52)芝麻神奇健康法	小林貞作著	170元
(53)香煙能防止癡呆？	高田明和著	180元
(54)穀菜食治癌療法	佐藤成志著	180元
(55)貼藥健康法	松原英多著	180元
(56)克服癌症調和道呼吸法	帶津良一著	180元
(57)Ｂ型肝炎預防與治療	野村喜重郎著	180元
(58)青春永駐養生導引術	早島正雄著	180元
(59)改變呼吸法創造健康	原久子著	180元
(60)荷爾蒙平衡養生秘訣	出村博著	180元
(61)水美肌健康法	井戶勝富著	170元
(62)認識食物掌握健康	廖梅珠編著	170元
(63)痛風劇痛消除法	鈴木吉彥著	180元
(64)酸莖菌驚人療效	上田明彥著	180元
(65)大豆卵磷脂治現代病	神津健一著	200元
(66)時辰療法——危險時刻凌晨４時	呂建強等著	180元
(67)自然治癒力提升法	帶津良一著	180元
(68)巧妙的氣保健法	藤平墨子著	180元
(69)治癒Ｃ型肝炎	熊田博光著	180元
(70)肝臟病預防與治療	劉名揚編著	180元

⑦腰痛平衡療法　荒井政信著　180元
⑦根治多汗症、狐臭　稻葉益巳著　220元
⑦40歲以後的骨質疏鬆症　沈永嘉譯　180元
⑦認識中藥　松下一成著　180元
⑦氣的科學　佐佐木茂美著　180元

•實用女性學講座•電腦編號19

①解讀女性內心世界　島田一男著　150元
②塑造成熟的女性　島田一男著　150元
③女性整體裝扮學　黃靜香編著　180元
④女性應對禮儀　黃靜香編著　180元
⑤女性婚前必修　小野十傳著　200元
⑥徹底瞭解女人　田口二州著　180元
⑦拆穿女性謊言88招　島田一男著　200元

•校園系列•電腦編號20

①讀書集中術　多湖輝著　150元
②應考的訣竅　多湖輝著　150元
③輕鬆讀書贏得聯考　多湖輝著　150元
④讀書記憶秘訣　多湖輝著　150元
⑤視力恢復！超速讀術　江錦雲譯　180元
⑥讀書36計　黃柏松編著　180元
⑦驚人的速讀術　鐘文訓編著　170元
⑧學生課業輔導良方　多湖輝著　180元
⑨超速讀超記憶法　廖松濤編著　180元
⑩速算解題技巧　宋釗宜編著　200元

•實用心理學講座•電腦編號21

①拆穿欺騙伎倆　多湖輝著　140元
②創造好構想　多湖輝著　140元
③面對面心理術　多湖輝著　160元
④偽裝心理術　多湖輝著　140元
⑤透視人性弱點　多湖輝著　140元
⑥自我表現術　多湖輝著　180元
⑦不可思議的人性心理　多湖輝著　150元
⑧催眠術入門　多湖輝著　150元
⑨責罵部屬的藝術　多湖輝著　150元
⑩精神力　多湖輝著　150元

⑪厚黑說服術	多湖輝著	150元
⑫集中力	多湖輝著	150元
⑬構想力	多湖輝著	150元
⑭深層心理術	多湖輝著	160元
⑮深層語言術	多湖輝著	160元
⑯深層說服術	多湖輝著	180元
⑰掌握潛在心理	多湖輝著	160元
⑱洞悉心理陷阱	多湖輝著	180元
⑲解讀金錢心理	多湖輝著	180元
⑳拆穿語言圈套	多湖輝著	180元
㉑語言的內心玄機	多湖輝著	180元

• 超現實心理講座 • 電腦編號 22

①超意識覺醒法	詹蔚芬編譯	130元
②護摩秘法與人生	劉名揚編譯	130元
③秘法！超級仙術入門	陸　明譯	150元
④給地球人的訊息	柯素娥編著	150元
⑤密教的神通力	劉名揚編著	130元
⑥神秘奇妙的世界	平川陽一著	180元
⑦地球文明的超革命	吳秋嬌譯	200元
⑧力量石的秘密	吳秋嬌譯	180元
⑨超能力的靈異世界	馬小莉譯	200元
⑩逃離地球毀滅的命運	吳秋嬌譯	200元
⑪宇宙與地球終結之謎	南山宏著	200元
⑫驚世奇功揭秘	傅起鳳著	200元
⑬啟發身心潛力心象訓練法	栗田昌裕著	180元
⑭仙道術遁甲法	高藤聰一郎著	220元
⑮神通力的秘密	中岡俊哉著	180元
⑯仙人成仙術	高藤聰一郎著	200元
⑰仙道符咒氣功法	高藤聰一郎著	220元
⑱仙道風水術尋龍法	高藤聰一郎著	200元
⑲仙道奇蹟超幻像	高藤聰一郎著	200元
⑳仙道鍊金術房中法	高藤聰一郎著	200元
㉑奇蹟超醫療治癒難病	深野一幸著	220元
㉒揭開月球的神秘力量	超科學研究會	180元
㉓西藏密教奧義	高藤聰一郎著	250元

• 養 生 保 健 • 電腦編號 23

①醫療養生氣功	黃孝寬著	250元

②中國氣功圖譜	余功保著	230元
③少林醫療氣功精粹	井玉蘭著	250元
④龍形實用氣功	吳大才等著	220元
⑤魚戲增視強身氣功	宮　嬰著	220元
⑥嚴新氣功	前新培金著	250元
⑦道家玄牝氣功	張　章著	200元
⑧仙家秘傳袪病功	李遠國著	160元
⑨少林十大健身功	秦慶豐著	180元
⑩中國自控氣功	張明武著	250元
⑪醫療防癌氣功	黃孝寬著	250元
⑫醫療強身氣功	黃孝寬著	250元
⑬醫療點穴氣功	黃孝寬著	250元
⑭中國八卦如意功	趙維漢著	180元
⑮正宗馬禮堂養氣功	馬禮堂著	420元
⑯秘傳道家筋經內丹功	王慶餘著	280元
⑰三元開慧功	辛桂林著	250元
⑱防癌治癌新氣功	郭　林著	180元
⑲禪定與佛家氣功修煉	劉天君著	200元
⑳顛倒之術	梅自強著	360元
㉑簡明氣功辭典	吳家駿編	360元
㉒八卦三合功	張全亮著	230元

・社會人智囊・電腦編號 24

①糾紛談判術	清水增三著	160元
②創造關鍵術	淺野八郎著	150元
③觀人術	淺野八郎著	180元
④應急詭辯術	廖英迪編著	160元
⑤天才家學習術	木原武一著	160元
⑥猫型狗式鑑人術	淺野八郎著	180元
⑦逆轉運掌握術	淺野八郎著	180元
⑧人際圓融術	澀谷昌三著	160元
⑨解讀人心術	淺野八郎著	180元
⑩與上司水乳交融術	秋元隆司著	180元
⑪男女心態定律	小田晉著	180元
⑫幽默說話術	林振輝編著	200元
⑬人能信賴幾分	淺野八郎著	180元
⑭我一定能成功	李玉瓊譯	180元
⑮獻給青年的嘉言	陳蒼杰譯	180元
⑯知人、知面、知其心	林振輝編著	180元
⑰塑造堅強的個性	坂上肇著	180元

⑱爲自己而活	佐藤綾子著	180元
⑲未來十年與愉快生活有約	船井幸雄著	180元
⑳超級銷售話術	杜秀卿譯	180元
㉑感性培育術	黃靜香編著	180元
㉒公司新鮮人的禮儀規範	蔡媛惠譯	180元
㉓傑出職員鍛鍊術	佐佐木正著	180元
㉔面談獲勝戰略	李芳黛譯	180元
㉕金玉良言撼人心	森純大著	180元
㉖男女幽默趣典	劉華亭編著	180元
㉗機智說話術	劉華亭編著	180元
㉘心理諮商室	柯素娥譯	180元
㉙如何在公司頭角崢嶸	佐佐木正著	180元
㉚機智應對術	李玉瓊編著	200元

•精 選 系 列• 電腦編號 25

①毛澤東與鄧小平	渡邊利夫等著	280元
②中國大崩裂	江戶介雄著	180元
③台灣•亞洲奇蹟	上村幸治著	220元
④7-ELEVEN高盈收策略	國友隆一著	180元
⑤台灣獨立	森　詠著	200元
⑥迷失中國的末路	江戶雄介著	220元
⑦2000年5月全世界毀滅	紫藤甲子男著	180元
⑧失去鄧小平的中國	小島朋之著	220元

•運 動 遊 戲• 電腦編號 26

①雙人運動	李玉瓊譯	160元
②愉快的跳繩運動	廖玉山譯	180元
③運動會項目精選	王佑京譯	150元
④肋木運動	廖玉山譯	150元
⑤測力運動	王佑宗譯	150元

•休 閒 娛 樂• 電腦編號 27

①海水魚飼養法	田中智浩著	300元
②金魚飼養法	曾雪玫譯	250元
③熱門海水魚	毛利匡明著	元
④愛犬的教養與訓練	池田好雄著	250元

•銀髮族智慧學•電腦編號 28

①銀髮六十樂逍遙	多湖輝著	170元
②人生六十反年輕	多湖輝著	170元
③六十歲的決斷	多湖輝著	170元

•飲 食 保 健•電腦編號 29

①自己製作健康茶	大海淳著	220元
②好吃、具藥效茶料理	德永睦子著	220元
③改善慢性病健康藥草茶	吳秋嬌譯	200元
④藥酒與健康果菜汁	成玉編著	250元

•家庭醫學保健•電腦編號 30

①女性醫學大全	雨森良彥著	380元
②初爲人父育兒寶典	小瀧周曹著	220元
③性活力強健法	相建華著	200元
④30歲以上的懷孕與生產	李芳黛編著	220元
⑤舒適的女性更年期	野末悅子著	200元
⑥夫妻前戲的技巧	笠井寬司著	200元
⑦病理足穴按摩	金慧明著	220元
⑧爸爸的更年期	河野孝旺著	200元
⑨橡皮帶健康法	山田晶著	200元
⑩33天健美減肥	相建華等著	180元
⑪男性健美入門	孫玉祿編著	180元

•心 靈 雅 集•電腦編號 00

①禪言佛語看人生	松濤弘道著	180元
②禪密教的奧秘	葉逯謙譯	120元
③觀音大法力	田口日勝著	120元
④觀音法力的大功德	田口日勝著	120元
⑤達摩禪106智慧	劉華亭編譯	220元
⑥有趣的佛教研究	葉逯謙編譯	170元
⑦夢的開運法	蕭京凌譯	130元
⑧禪學智慧	柯素娥編譯	130元
⑨女性佛教入門	許俐萍譯	110元
⑩佛像小百科	心靈雅集編譯組	130元
⑪佛教小百科趣談	心靈雅集編譯組	120元

國家圖書館出版品預行編目資料

男女幽默趣典／劉華亭編著，—2版
—臺北市；大展，民86
面；　公分，—（社會人智囊；26）
ISBN 957-557-705-1（平裝）

856.8　　86004191

男女幽默趣典

ISBN 957-557-705-1

編著者／劉　華　亭
發行人／蔡　森　明
出版者／大展出版社有限公司
社　址／台北市北投區（石牌）致遠一路二段12巷1號
電　話／(02) 8236031・8236033
傳　眞／(02) 8272069
郵政劃撥／0166955－1
登記證／局版臺業字第2171號
承印者／高星企業有限公司
裝　訂／日新裝訂所
排版者／千兵企業有限公司
電　話／(02) 8812643
初版1刷／1984年（民73年）11月
2版1刷／1997年（民86年）6月
定　價／180元